내 이름은 장춘실!

내 이름은 장춘실!

민혜숙 장편소설

차례

프롤로그 7

1장 가족관계증명서 11

2장 유전자 검사 21

3장 이산가족, 분단가족 39

4장 암울한 인생, 단 하나의 삽화 61

5장 창살 없는 감옥 85

6장 너는 쌀밥 팔자! 107

7장 마침내, 강을 건너다 139

8장 누가 오라고 했나? 171

9장 피보다 진한 것 191

에필로그 201

발문 인간을 향한, 인간에 대한 시선 | 김주현 203

작가의 말 214

프롤로그

장춘실

이 세 글자를 보고 저를 알아맞혀보세요.

뜬금없이 이름 석 자만으로 사람을 알아맞히라니? 너무 과하다는 생각이 드시나요? 그래도 이 세 글자가 많은 것을 가르쳐주잖아요. 우선, 제가 남자가 아닌 여자라는 사실을 바로 느끼셨죠? 맞습니다. 저는 여자입니다. 어렵지 않았죠?

만약 남자였다면 춘실보다는 춘복, 춘식, 춘강…… 이런 식으로 불렀겠죠. 머슴 이름처럼 들리는 춘복은 봄을 심는다는 뜻의 복스러운 이름이랍니다. 춘복은 동백나무 잎이나 열매에서 먹음직스럽게 열리는 봄철 열매입니다. 먹을 것이 귀한 시절, 어쩌다 춘복을 만나면 그날은 운수 대통한 듯 기뻤습니다. 하얀 개떡처럼 생긴 춘복은 싸늘한 기운이 남아 있는 봄날에 입은 솜옷처럼 마음을 푸근하게 감싸주었습니다. 춘식 혹은 춘강은 봄에 심는 씨앗, 겨우내 뭉쳐 있던 얼음덩어리가 녹아 흐르는 봄의 강물처럼 넉넉한 이름이지 않습니까? 말이 너무 길었나요?

어쨌든, 저는 여자입니다. 그다음 제 나이를 짐작하실 수 있을 겁니다. 요즈음 '춘'자를 넣어 이름을 짓는 부모는 거의 없을 테니까요. 그러니까 춘자, 춘숙, 춘희, 춘옥, 춘화…… 이런 이름의 주인공들은 적어도 환갑은 넘었을 테지요.

그러니까 저는 나이가 많다는 말입니다. 촌스러워 보이는 '춘'에다 '실'까지 붙지 않았습니까? 성급한 분들은 '아, 봄의 열매? 춘실이구나, 이름이 좋네. 그런데 봄에 무슨 열매가 있을까?' 그런 생각을 하셨을 것입니다. 저도 한때 그런 의문을 가졌습니다. 열매는 가을에 풍성하지, 봄에 무슨 열매가 달릴까? 이름이 잘못되어서 이렇게 쭉정이 같은 삶을 사는 것 아닌가. 하지만 제 이름은 돌담 '춘(椿)', 방 '실(室)'이랍니다. 아버지께서 무슨 생각으로 그런 이름을 지어주셨는지 아직도 이해가 안 되지만 맏딸에게 방과 담을, 즉 집안을 잘 지키라는 의미로 그러시지 않았을까, 짐작해봅니다. 지금은 잘해야 애완견의 이름으로 불리고 있을 춘실은 고희의 고개를 훌쩍 넘어 팔십에 턱걸이하는 중입니다.

이제부터 제가 살아온 이야기를 해보겠습니다. 사람마다 자기가 살아온 이야기를 쓰면 책 한 권이 넘는다고 하지요.

맞습니다. 우리 모두의 인생은 소중한 한 권의 책입니다. 기쁨보다는 눈물과 한숨이 더 많은 갈피를 차지하고 있겠지요. 제 책은 어디부터 펼쳐야 할지 좀 감감합니다. 하지만 용기를 내서 조용히 눈을 감고 지나온 세월을 한 가닥씩 붙잡아보겠습니다.

1장
가족관계증명서

 종일 북적대던 민원인의 발걸음이 좀 뜸해졌다 싶은데 슬며시 문이 열린다. 여느 때처럼 수줍은 듯 어색한 미소를 머금은 자주색 스웨터의 할머니다. 폐지를 수거하다 왔는지, 때묻은 장갑을 벗고 허리춤을 뒤지는 품이 신분증을 찾는 기색이다.
 '다 알고 있으니 신분증 안 보여주셔도 돼요.'
 무슨 말을 할 것인지 이미 다 알고 있다는 표정으로 직원이 할머니를 건너다본다. 아마 가족관계증명서를 요구할 것이다. 전에도 가끔 들르던 단골손님인데 요사이 부쩍 발걸음이 잦아졌다.
 "가족관계증명서요?"
 민원인이 요청하기도 전에 직원이 먼저 알은체를 한다. 다행히 할머니가 고개를 끄덕인다.

"예."

할머니가 멋쩍게 웃으며 오백 원짜리 동전 두 개와 주민등록증을 내민다. 직원이 건성으로 주민등록증을 훑어보더니 이내 할머니에게 돌려준다.

"할머니, 왜 가족관계증명서를 이렇게 자주 떼보세요?"

직원은 궁금증을 참지 못하고 기어코 묻고 말았다. 민원인에게 불필요하게 용도를 묻는 것은 바람직한 일은 아니지만 발동하는 호기심이 가끔 원칙을 누르는 경우가 있다.

"그냥, 볼 게 좀 있어서……"

자줏빛이 도는 빨간 스웨터가 묘하게 어울리는 할머니는 온 얼굴에 주름을 가득 잡으며 억지로 조금 웃어 보였다. 이가 빠진 탓인지 주름진 얼굴은 더 희극적이다. 그나마 흰머리를 염색해서 나이에 비해 좀 나아 보인다. 하지만 염색한 지 꽤 시간이 흘렀는지 검은 머리카락 밑에 흰머리가 손가락 마디만큼 자라 있다. 마치 일부러 두 가지 색으로 멋을 낸 것처럼 흑과 백이 기이한 대조를 이루고 있었다.

주민등록증에 나타난 할머니의 나이는 79세. 곧 팔십이다. 팔십 할머니치고는 상당히 활동적이다. 폐지를 주워서 얼마나 번다고 이렇게 자주 가족관계증명서를 떼는지 궁금한 것은 민원 담당 직원뿐 아니었다. 복지과 담당 직원도 그 할머니가 이상하다고 했다. 기초생활수급자인데 무슨 일로 가족관계부를 매주 확인하는지 무슨 사연이 있을 거라고 했다.

할머니는 직원이 돌려준 자신의 주민등록증 사진을 무심하게 바라본다. 아무리 봐도 못생겼다. 이가 시원찮아서 그런지 입술이 안으로 말려 들어가서 합죽이 할멈 같다. 게다가 무슨 표정을 지어도 일그러져 보인다. 거울로 볼 때는 그래도 좀 나아 보이는데, 사진은 늘 젬병이다. 그렇다면 실물이 사진보다 낫다는 말인가? 본인이 생각해도 웃긴다. 아버지는 소문난 미남인데, 어머니를 닮았을까? 아무리 그렇다 해도 어머니보다도 못생긴 것 같다. 좋은 데만 닮아서 나올 것이지, 못난 것만 닮아서 세상에 나온 듯하다. 게다가 주름은 왜 그렇게 자글자글 많은지. 할머니는 주민센터를 나와 마당 구석으로 간다. 누가 볼세라 주위를 살핀 다음 숨을 크게 한번 쉬고, 살며시 가족관계증명서를 열어본다. 본인 장춘실, 아버지 장동훈. 분명히 그렇게 나와 있다. 아, 다행이다. 그녀는 가족관계증명서를 가슴에 꼭 안고 마당 구석에 세워둔 리어카로 다가간다.

"할머니, 오늘도 가족관계증명서 필요하세요?"

이번엔 행정복지센터 여직원이 먼저 알은체를 한다. 올 때마다 멋쩍기도 하고 공연한 자괴감으로 움츠러드는데 먼저 말을 건네주니 다행스럽다. 그녀는 고개를 끄덕이며 허리춤에서 천 원짜리 지폐를 꺼내 들었다.

"할머니, 기초생활 수급 대상자에게는 수수료가 면제될 때가 있어요. 그냥 넣어두세요."

직원이 낮게 속삭인다. 마침 사무실 안이 한가하다. 직원은 코로나바이러스를 예방한다고 높이 세워둔 투명 가림막을 벗어나 밖으로 나오며 '가족관계증명서'를 건넸다.

"할머니, 컴퓨터를 할 줄 아시면 공짜로 집에서 보실 수 있는데, 그건 어려우시니…… 다음부턴 저기 자동화 기계를 이용하시면 오백 원이 절약돼요. 가르쳐드릴까요?"

오백 원이나 절약된다는 말에 솔깃해서 따라나섰다. 박스를 몇 개 주워야 오백 원이 되지? 순간 머릿속에서 계산기가 돌아간다. 폐지 1킬로그램에 팔십 원이니, 오백 원이면 큰돈이다. 기계라는 말만 들어도 공연히 주눅이 드는 판에 돈을 아끼겠다고 따라나섰지만, 막상 자동 발급기 앞에 서보니 자신감이 단번에 사라진다. 게다가 절차까지 복잡하다. 하지만 일주일에 오백 원씩만 절약해도 한 달이면 이천 원을 아낄 수 있다. 한글은 읽을 줄 아니까, 하는 법을 배우면 되지. 남들도 다 하는 일인데, 그녀는 결기를 다진다. 무엇보다 아른거리는 여러 그림 중에 무엇을 눌러야 할지 도통 감이 잡히지 않는다. 그래도 글자는 아니까 직원이 가리키는 대로 '가족관계증명서'라는 긴 항목을 터치한다. 여기까지는 수월하다. 이어서 주민등록번호를 꾹꾹 누르고 마지막으로 지문 인식 차례다.

"할머니, 여기에다 오른손 엄지손가락을 살짝 올려보세요. 너무 꽉 누르지 마시고요."

시키는 대로 다 했는데, 지문 인식에 실패했다는 문구가 스크린에 떠오른다. 공연한 짓을 했나, 창피하다.

"할머니, 다시 하시면 돼요."

직원이 웃으면서 확인 버튼을 누르고 그녀를 바라본다. 그러나 또 실패⋯⋯

"괜찮아요. 할머니, 엄지손가락에 입김을 '후우' 하고 분 다음에 다시 살짝 올려보세요."

또 실패! 얼굴이 달아오른다. 지문 인식에 실패했다는데 왜 창피할까. 성능이 떨어진 기계 탓이지, 내 탓이 아니잖아. 나는 어엿한 대한민국 백성인데. 그렇게 생각하려 해도 기계까지 사람을 차별하나? 그런 생각이 먼저 스멀거린다.

"내 지문이 안 보이나 봐. 그냥 창구에서 할라네."

"이 기계가 오래돼서 인식을 못하나 봐요."

"하긴, 내 손의 지문이 닳아 없어질 만도 하지."

"아니에요. 여자들은 설거지다 빨래다 물일을 많이 하니까, 나이 드신 분들은 대개 다 지문이 잘 안 보여요. 살짝 위로 올려서 대보세요."

이번엔 직원이 할머니의 손을 잡아 지문 인식기에 올려준다.

"아이쿠, 이 손을 좀 봐. 이 손은 주인 잘못 만나서 너무 고생했어. 설거지, 빨래 정도가 아니야. 그냥 창구에서 합시다."
할 수 없다는 듯 직원이 고개를 끄덕인다.
"그런데 할머니, 가족관계증명서를 왜 그렇게 자주 떼보세요?"
매주 가족관계증명서를 발급받는 할머니가 무척이나 괴이할 법도 하다.
"확인할 게 있어서 그러는 거야요."
직원은 궁금증이 풀리지 않은 듯 고개를 갸웃한다. 가족관계증명서를 건넨 직원이 제자리로 가는 것을 확인하고 할머니는 주민센터 밖으로 발걸음을 옮긴다. 파지를 모아 쌓아둔 리어카로 가기 전에 마치 혼자만의 비밀처럼 살며시 가족관계증명서를 들여다본다.

본인 장춘실, 부 장동훈.

할머니는 안도의 표정을 지으며 고개를 끄덕거린다. 아버지가 살아 계시는구나. 할머니는 부모 몰래 본 성적표처럼 아버지 이름이 인쇄된 가족관계증명서를 살며시 접어 바지 주머니에 넣는다. 그녀의 아버지는 어딘가에 살아 계실 것이다. 요즘은 백세시대라고 하니 불가능한 일은 아닐 것이다. 그녀는 다음 주에 또 가족관계증명서를 발급받으러 갈 것이다. 그다음

주에도 어김없이 행복복지센터라는 긴 이름이 붙은 동사무소를 찾아갈 단골손님이다. 이제 직원이 그녀의 주민증을 확인하지도 않아도 증명서를 떼어줄 정도가 되었으니까.

"이거 봐요. 우리 아버지 나이 101세잖아. 분명히 살아 계시잖아. 아직 사망 신고가 안 된 걸 보니, 살아 계시는 게 확실해. 내 나이가 팔십을 바라보는데, 이 나이에 아버지가 살아 있는 사람이 어디 흔해요? 이거 정말 쉽지 않은 일이지. 아이쿠, 근데 아버지를 볼 수가 없으니……"

어느 날 그녀는 직원에게 가족관계증명서를 펼쳐 보여주었다.

"할머니, 아버님이 요양원에 계시나요?"

"그걸 알 수 없으니 답답해서…… 그래서 아직 살아 계시는가, 이렇게 이 문서로 확인하는 거지."

"아, 할머니는 효녀신가 봐요. 나이 많은 아버지를 이토록 찾으려 하시니."

직원이 애틋한 눈길로 할머니를 바라본다.

"효녀는 무슨, 나도 나이가 낼모레 팔십이잖아. 이 나이에는 언제 어떻게 될지 누가 알아? 그래도 아버지를 한 번만이라도 보고 죽어야겠는데…… 항상 그 맘이지, 뭐."

아버지가 아직 살아 계시다니, 일단 안심이다. 그러나 도대체 아버지는 어디에 계시는 것일까? 사망 신고가 안 된 걸로 봐서 분명 어디엔가 살아 계실 것이다. 하지만 그 흔한 휴대전화 번호조차 알 길이 없으니 답답하기가 이루 말로 형용할 수 없다. 개인정보보호법이라나, 뭐라나. 딸이 아버지 전화번호를 가르쳐달라는데도 아무도 답을 해줄 수 없다니. 아버지에게 시간이 길게 남아 있을 것 같지 않다는 불안감과 초조가 그녀를 엄습했다. 그러나 어디로 가서 누구에게 하소연해야 할지 방향조차 가늠할 수 없었다.

왜 그랬을까? 왜 아버지를 그토록 찾았을까? 자기 몸무게보다 더 나가는 짐을 어깨에 메고, 머리에 이고, 두 손에 들고 험한 산길을 걸으면서 춘실은 하느님이나 신령님이 아니라 아버지를 찾았다.

"아버지, 어디엔가 살아 계신다면 나 좀 도와주세요. 너무 힘들어요. 만약 돌아가셨다면 저승에서라도 나를 도와주세요. 나에게 힘을 주세요."

그렇게 중얼거리며 비틀거리는 다리에 힘을 주고 일어섰다. 아버지만 있으면 이 모든 고통에서 해방될 것이라고 믿으며, 어디선가 아버지가 나타나서 무거운 짐을 대신 들어주실 거라고 상상하며, 아버지를 불렀다. 왜 생사도 모르는 아버지를 그토록 애타게 찾았던 것일까? 이제 그 아버지가 지척에 있는데도 왜 만날 수 없는 것일까?

이 대명천지에 누구를 붙잡고 아버지를 찾아달라고 하나. 경찰서에 가본들 행색이 초라한 늙은이에게 제대로 대꾸나 할까. 아버지가 살아 계신다 해도, 백 살이 넘었는데 정신이 온전하실까. 이 생각 저 생각이 오락가락했지만, 그래도 아버지는 어디엔가 꼭 살아 계실 것 같았다. 아버지를 처음 뵈었을 때, 아버지의 연세가 87세였는데, 놀랍게도 아버지의 얼굴은 흔한 검버섯도 없이 매끈했고 걸음걸이도 휘청거리지 않았다.

가장 놀란 것은 아버지의 치아가 다 자기 것이라는 사실이었다. 어쩌면 구십 세가 다 되도록 치아가 전부 다 제자리에 그대로 있을까, 그게 무척 신기했다. 거기서는 팔십은 고사하고 환갑에도 제 치아를 가진 사람이 드물었다. 그녀도 이가 빠지면 빠지는 대로 놔두어서 이제 합죽이 할멈이다. 아버지는 물론 귀도 먹지 않았다. 그저 안 들리는 척했을 뿐이다.

2장
유전자 검사

"원고 장춘실 씨는 이 노인분의 딸이 맞습니까?"

판사가 아버지와 그녀를 번갈아 보며 물었다. 딸이 누나고 아버지가 동생처럼 보이니 믿기 힘들다는 거였다. 그만큼 그녀가 늙었다는 것이다. 하긴 이도 빠지고 얼굴은 검게 그을리고 투박한 손가락은 매듭과 상처로 거칠어졌으니, 누가 봐도 그녀가 아버지보다 더 늙어 보일 법도 하다.

"맞습니다."

그녀는 배에 힘을 주고 큰 소리로 대답했다.

"그걸 어떻게 증명할 수 있습니까?"

"내가 열 살 때까지 아버지와 같이 살았습니다. 아무리 세월이 흘렀다고 아버지의 얼굴을 모르겠습니까? 우리 아버지 스물두 살, 우리 어머니 열아홉 살에 저를 낳았습니다. 아홉 살 차이 나는 제 남동생의 돌잔치를 한 다음에 가족이 헤어졌습니다. 동생은 아버지를 모르겠지만, 저는 아버지 얼굴을 알아볼 수 있습니다."

어린 기억 속의 아버지는 키가 무척 크고 잘생겼었다. 지금 아버지는 얼굴 윤곽은 그대로인데, 눈에 있는 쌍꺼풀이 다르다. 사실 쌍꺼풀은 기억에 없지만 지금 아버지에게는 뚜렷한 쌍꺼풀이 있다. 그녀는 쌍꺼풀에 대해서는 모른 체 입을 다물기로 했다.

"그건 피고의 일방적인 주장이고, 추호라도 진술에 거짓이 있다면 이 재판 결과는 무효가 됩니다. 아시겠어요?"

판사가 으름장을 놓는다. 그녀는 알았노라고 고개를 끄덕였다.

"그런 주관적인 것 말고, 다른 증거를 대보세요."

"내가 딸이 맞는데 무슨 증거를 어떻게 댑니까? 우리 가족은 원래 황해남도 벽성군, 지금은 황해도 강령군이라 하는데, 거기 룡연면 장연리에 살았습니다. 거기서 나는 이승만 대통령 시절에 국민학교를 다녔습니다. 그런데 아버지가 월남하고 나서 우리 가족은 토대가 나쁘다고 신원군으로 강제 이주를 당했고 그다음에 봉천으로 갔습니다. 그리고 이제까지 주욱 거기 살았어요. 우리 할아버지 장한상, 우리 아버지 장동훈, 작은아버지 장동복, 어머니 리은재입니다. 외삼촌 리길재는 6·25 때 국군 갔는데 어찌 되었는지 모릅니다."

"이것 보세요, 할머니! 친척 이름을 줄줄이 외운다고 그게 친딸이라는 증거가 되지는 않습니다."

판사가 얼굴을 돌려 아버지를 향했다.

"할아버지, 이분이 본인의 딸 맞습니까?"

아버지는 잘 알아들을 수 없다는 듯, 손으로 귀 나팔을 만들어 보이면서 얼굴을 찡그렸다.

"닮은 구석도 하나도 없는 분이 와서 갑자기 딸이라고 하는데, 노인이 뭐라고 하겠습니까? 그리고 이 노인은 치매 증상이 있어서 정신이 온전하지 못합니다. 헤어진 지 오십 년도 더 지났는데 갑자기 나타나서 자신이 북한에 두고 온 딸이라고 우기면 어쩌란 말입니까? 게다가 이분은 남한에서 처음으로 결혼했고 호적에도 분명히 초혼으로 기록되어 있습니다. 보시다시피 슬하에 아들 두 분과 딸 한 분이 있을 뿐입니다."

저쪽 편 변호사가 들고 있던 두툼한 문건을 넘기며 가닥을 치려고 했다.

"헤어져 있던 세월이 오십 년이 넘습니다. 그동안 모습도 많이 변했겠지요. 하지만 장춘실 할머니의 주장은 확실합니다. 우리 쪽에서는 미수복 지역, 저편에서는 신해방구역이라고 하지요. 즉 해방 후 삼팔선 이남이었다가 휴전선이 그어지고 나서 북한 땅으로 편입된 지역에 살았던 기억도 정확합니다. 겉모습으로 판단할 문제가 아니라고 봅니다."

이쪽 편의 국선 변호사가 말을 받았다.

"그러면 부의 인지가 용이하지 않은 상황이니 유전자 검사를 해서, 그 결과지를 가지고 다음 재판에 임하도록 하겠습니다. 일단 유전자 검사를 하세요. 오늘은 이만 마칩니다."

그렇게 예정에도 없이 춘실과 노인은 판사의 지시대로 갑자기 유전자 검사라는 걸 하게 되었다. 재판부에서 지정한 안암동에 있는 대학교 부속병원으로 가는 길에 만감이 교차했다. 만에 하나 저 노인이 정말 아버지가 아니라면 어떻게 할까? 재산을 탐내서 일을 꾸미는 사기꾼으로 몰린다면 어쩌나? 그래도 저 노인은 어린 기억 속의 아버지와 윤곽은 비슷한데 그때는 분명 쌍꺼풀이 없었는데…… 확신이 흔들리면서 노인의 쌍꺼풀이 갑자기 불안한 징후로 여겨졌다. 그래도 처음 대면했을 때 아버지가 그녀의 손을 잡고 눈물을 글썽거렸는데, 그 일은 어떻게 설명해야 할까. 머리가 복잡했다.

저쪽 편의 변호사 대신 둘째 아들이 아버지를 부축해서 병원으로 간다고 했다. 이왕 같은 곳으로 가는 길이니 함께 차를 타고 가자고 권하지 않을까, 기대하다가 순간 눈길조차 주지 않는 아들을 보고 고개를 저었다. 하긴 상관없는 남이라고 매몰차게 외면해왔기에 친자확인소송을 하러 재판정까지 왔는데, 감정이 좋을 리 없지 않은가. 왠지 모를 슬픔이 차올랐다. 유전자 검사라니, 들어본 적도 없는 말이다. 딸 현정과 함께 지정 병원으로 가는 발걸음이 무거웠다. 만일 검사를 했는데 친딸이 아니라면 그 망신을 어떻게 감당하나? 그녀에게 과연 아버지가 있었나? 어머니는 아버지가 돌아가신 것 같다고 제사까지 지내지 않았던가? 어린 시절 기억이 착각은 아니었을까? 혹시 자신이 미친 건 아닐까? 아니면 죽었다가 대한민국이라는 나라에 환생했을까?

예상치 못한 갑작스러운 일이라 어리둥절한 사이에 유전자 검사라는 걸 하게 되었다. 마침 준비한 돈도 없어서 덜컥 겁이 났다. 비용이 얼마나 들지, 또 어떻게 하는 것인지 전혀 모르는 일이라 정신이 아득했다. 함께 온 둘째 딸 현정이도 놀라는 기색이었다. 그 애는 이미 몇 년 전에 탈북해서 고치가 허물 벗듯 촌티를 싹 벗었다. 워낙에 바탕도 괜찮아서 누가 봐도 북에서 온 여자 같지 않았다. 적당히 살이 오른 반들반들한 얼굴은 부잣집 안주인의 모습과 흡사했다. 그런데 자본주의 물이 아주 단단히 들어서인지 돈에는 무서울 정도로 집착했다. 어머니의 탈북을 위해 브로커에게 건네준 돈을 이자까지 쳐서 악착같이 받아낸 딸년이 아닌가. 하나원에서 준 정착금까지 몽땅 가져가버린, 돈에 모질고 독한 아이가 되어 있었다.

"유전자 검사는 머리카락으로 할 수도 있지만 혈액으로 하는 것이 가장 신속하고 정확합니다. 비용은 신경 쓰지 마세요. 원래는 1인당 16만 원인데 법원에서 의뢰했기 때문에 무료입니다. 재판의 증거로 쓰는 것이고 더구나 북한 이탈주민에게는 무료로 제공됩니다. 덕분에 할아버지까지 무료로 진행해드리겠습니다."

무료로 해준다는 말에 춘실은 놀란 가슴을 쓸어내렸다. 북한 이탈주민을 위한 지원법이라는 게 있어서 친자확인을 무료로 해준단다. 대한민국은 역시 좋은 나라구나. 이 땅에서 받은 은혜만으로도 충분히 감사했다. 나라 발전에 벽돌 한 장 보탠 것 없는 탈북민에게 집도 주고, 일자리도 주고, 여러 가지로 편의를 봐주니 지나가는 대한민국 사람 아무라도 붙들고 감사하다고 절하고 싶은 마음이었다.

노인이 먼저 피를 뽑는다고 했다. 노인은 아무 말도 하지 않고 간호사가 지시하는 대로 팔을 내밀었다. 잡티 없는 희고 긴 팔이었다. 노인의 표정이 착잡했다. 노인을 사이에 두고 본처 자식과 후처 자식이 마주하고 있는 모양새가 영 어색했다. 옆에 작은아들이 지키고 있으니 서로 아무런 대화를 나눌 수 없었다. 하지만 노인의 눈이 그녀에게 말을 건네고 있었다.

'애야, 전화도 하지 말고, 찾아오지 마라.'

춘실이 대한민국에 도착해서 여러 가지 필요한 절차를 거친 후 처음으로 한 일이 바로 아버지를 찾아간 일이었다. 국정원에서 조사받을 때도 아버지를 만나기 위해 탈북했다고 분명하게 말했다. 둘째 딸이 이미 남쪽에 와서 정착해 있었지만, 진심으로 딸보다는 아버지가 먼저였다. 탈북 브로커를 통해 딸이 잘살고 있다는 소식을 전해 들었을 때, 그것만으로 족했다. 딸만 보러 오는 길이었다면 강을 넘을 용기를 낼 수 있었을까? 북에도 자식이 있다. 남한의 딸에게로 무사히 갈 수 있다고 해도 북에 있는 아들, 딸과는 영원한 이별이라는 대가를 치러야 한다는 것을 그녀도 모르지 않았다.

  북에 살 때도 현정은 결혼해서 출가외인으로 떨어져 있었으므로 피차 세세한 소식을 알 바 없었다. 현정이는 누구를 닮았는지 얼굴이 훤하고 성격도 강했다. 굳이 따지자면 현정은 외할아버지를 닮은 것 같다. 그 아이는 수완이 뛰어나서 어디에 두어도 살아 나올 사람이라고 했다. 그래서인지 현정에 대한 걱정은 거의 잊고 있었다.

  춘실은 큰딸 현숙 내외가 화전을 일구는 산골 근처에 머물면서 가난 구덕에서 헤어나지 못하는 큰딸을 근근이 도와주곤 했다. 토대가 나쁜데다 배운 것도 없고 재주도 없는 큰사위는 화전을 일구고 숯을 만들어서 간신히 입에 풀칠하고 있었다. 세상이 나아져도 그 집 살림은 그대로였다. 그러던 어느 날 낯선 사람이 산골까지 춘실을 찾아와서 현정의 소식을 가만히 전해주었다.

"동무의 둘째 딸이 지금 남조선에 있습니다."

춘실의 눈이 화등잔만큼 커졌다.

"그것이 기어이 일을 냈구나. 조국을 배신한 그 변절자와 나는 아무 일 없시오. 더구나 그 애는 출가외인이니 나와는 남남이오."

남조선이라는 말에 퍼뜩 놀라서 손사래 치는 춘실에게 그 사람이 다가와 귀엣말을 건넸다.

"해를 끼치려는 게 아니오. 딸이 잘살고 있으니 걱정하지 말고, 어머니를 모셔 오라고 나를 보냈소."

"이보시오. 늙은 나를 데려다가 어떻게 하자는 수작이오? 나는 여기서 뼈를 묻을 테니 다시는 농담으로라도 그런 말 하지 마시오. 그리고 그 에미나이 걱정은 본시 안 했으니, 일없다고 전하시오."

매몰차게 거절해 보내기는 했지만, 가슴이 콩닥콩닥 뛰었다. 저것들 때문에 기껏 자리 잡고 안정되게 살고 있는 큰아들 내외에게 불똥이 튀지는 않을까, 오금이 저려왔다. 외할아버지 때문에 토대 나쁜 인간이라고 손가락질 받고 자란 자식들인데, 더 이상 토대로 괴로움을 당할 수는 없다. 여기까지 어떻게 왔는데, 남조선에 있다는 현정이 내외가 또 한 방 먹인다면, 더 이상 떨어질 나락도 없는 상황이었다. 그러나 불안한 가운데서도 춘실의 가슴에는 난데없는 남조선이라는 단어가 새겨지기 시작했다.

아버지, 두려움과 그리움의 대상인 아버지가 아직도 살아 있다는 소식을 현정이 전해왔을 때, 마음이 미세하게 요동쳤다. 아버지와 함께 살았던 어린 시절, 춘실에겐 모든 게 넉넉했다. 먹을 것도, 입을 것도, 동네 인심도…… 어린 시절의 행복했던 기억은 환갑노인이 되도록 그녀를 휘감고 있는 모진 삶에 한 줄기 빛이 되어 어둠을 환하게 밝혀주었다. 아버지만 있다면, 아버지를 다시 만날 수만 있다면, 지금까지 지내온 오십여 년의 삶을 보상받을 수 있을 것 같았다. 게다가 춘실은 아버지와의 약속을 끝까지 잘 지켜서 어머니를 굶기지 않았고 남동생 뒷바라지도 잘 마쳤다. 남동생은 결혼해서 그럭저럭 평균적인 생활을 유지하고 있었다. 큰딸이 가난한 것만 빼고 두 아들도 각기 제자리를 잡았으니 이제 그만하면 아버지를 보러 갈 자격을 갖춘 것도 같았다. 그래서 죽기를 각오하고 용기를 냈던 것 아닌가.

아마 아버지도 춘실이 대한민국에 도착했다는 사실을 미리 연락받고 알고 있었을 것이다. 하나원에서 생활 적응 교육을 마치고 나오자마자 춘실은 둘째 딸 현정의 손에 이끌려 신사동의 으리으리한 저택으로 아버지를 찾아갔다. 처음 만난 그때, 아버지는 그녀의 거친 손을 잡고 눈물을 흘렸다. 물론 춘실이 진짜인지 가짜인지 묻지도 않았다.

"우리 담내가 이렇게 늙었구나. 안 죽고 용케 살아 있었구나."

아버지는 폭삭 늙어버린 딸의 얼굴 주름 사이에서 그 옛날 담내를 찾아낸 것 같았다. 얼마나 오랜만에 들어보는 이름인지, 그 이름을 듣자마자 갑자기 시간이 뒤로 물러가 어린 시절로 돌아간 듯 현기증이 일었다. 아버지는 춘실이라는 이름보다는 담 안에 있다고 '담내야'라고 불렀다. 그래서 식구들이 '담내야'를 세게 발음해서 '땀내야'라고 놀렸던 기억이 불현듯 떠올랐다. 마음의 준비를 단단히 하고, 아버지를 만나는 장면을 수없이 그려보았지만, 막상 아버지 앞에 서니, 말문이 막혀 아버지라는 말도 나오지 않았다. 눈물만 글썽이며 바라볼 뿐이었다. 단아한 아버지와 자신의 초라한 모습을 비교해 보니, 아버지는 그녀와 다른 별세계 사람임을 통감할 수밖에 없었다. 추억 속의 아버지가 진짜 아버지고 그녀 앞에 있는 멀끔한 노인은 책이나 영화 속에 나오는 삽화 같았다. 그래서 아무 말도 못하고, 그냥 반쯤 우는 듯 웃는 듯 아련한 표정을 짓고 말았다.

"얼마나 고생이 많았니? 말로 다 할 수가 없겠구나. 네 엄마가 저세상 사람이 된 것은 나도 진작 알고 있었다. 이제는 아무 걱정하지 말라. 나는 하늘이 도우셔서 남한 땅에서 돈도 벌 만큼 벌어서 사는 데는 아무 지장이 없다. 그리고 혹시라도 전쟁이 터지면 피신하려고 뉴질랜드에다 작은 호텔도 하나 사두었다. 만약 무슨 일이 생기면 우리 식구 모두 그리로 가면 된다. 그 호텔을 고생한 너에게 주어야겠다."

아버지가 춘실의 손을 잡고 어색하게 말한 내용을 요약하면 대충 이런 것이었다. 그때까지만 해도 아버지는 춘실을 딸로 인정하고 눈물을 훔쳤다. 남한에서 결혼해 얻은 딸과 아들은 의사로, 유치원 원장으로, 사업가로 잘 성장했으니, 앞으로는 북에 있는 자식들에게 신경을 써야겠다는 말도 얼핏 들은 것 같았다. 하지만 그다음 아버지의 집에 찾아갔을 때부터 분위기가 묘했다. 아버지는 춘실을 가난한 노파로 여기는 것일까, 표정이 어색했다. 새어머니는 그녀를 동냥아치쯤으로 여기는 듯했다. 대놓고 '북에서 온 거지'라는 말까지 서슴지 않았다. 춘실이 거실에 앉는 것만으로도 집 안이 오염되는 것처럼 얼굴을 찡그렸다. 의례적으로 차를 한잔 마시고 아버지가 그녀를 이층에 있는 서재로 데려간 것도 새어머니의 차가운 눈길을 피하기 위해서였다.

환한 빛이 들어오는 서재에는 큰 책상을 비롯해 소파가 놓여 있고 벽에는 많은 책이 진열되어 있었다. 아버지는 목소리를 한층 낮춰 갑자기 올 줄 몰라서 미처 준비하지 못했다고 속삭였다. 이발하려고 가지고 있던 돈이라며 봉투를 슬며시 손에 쥐여주었다. 봉투 안에는 백만 원이 들어 있었다.

하지만 처음 만날 때 손을 잡고 눈물을 흘리던 아버지는 그다음 만날 때부터 뭔가 불안해하고 있었다. 이 세상에서 그녀를 '담내야'라고 불러줄 사람은 아버지밖에 없었지만, 노인은 겁을 먹고 있었다.

"담내야, 내가 널 데려오랬다고 하지 말고, 네 딸 현정이가 불러서 왔다고 해라. 하마터면 내가 이 집에서 쫓겨나게 생겼다."

그러나 따지고 보면 춘실을 데려오라고 한 사람은 아버지였다. 우여곡절 끝에 탈북에 성공해서 외할아버지를 찾아간 춘실의 둘째 딸 현정에게 "네 에미를 데려와야 네가 내 외손녀임을 믿겠다"고 말한 사람은 바로 아버지였으니까. 현정은 어렸을 때부터 외할아버지가 월남자라는 사실, 그래서 자기들의 앞길이 막혀 있음을 알고 있었다. 한국에 와서 국정원에서 조사를 마치고 하나원에서 교육을 끝내자마자, 현정은 이북5도청을 방문해서 외할아버지의 이름을 찾았다. 놀랍게도 '장동훈'이라는 이름이 있었고, 성공해서 큰 부자가 되었다는 말도 들었다. 그래서 주소를 가지고 무작정 찾아갔더니 "네 에미를 데려와라. 그 비용은 내가 내겠다"고 말한 사람이 바로 외할아버지였다는 것이다. 그러나 아버지는 춘실을 데려오는 비용을 한 푼도 내지 않았다.

현정의 남편은 항일무장투쟁 연고자로 성분이 좋은 집안의 아들이었다. 나라를 위해 공을 세웠다고 대우받는 집안의 자식이었다. 토대가 좋은 당원 집안이었기 때문에 현정과는 애초부터 어울릴 수 없는 혈통이었다. 현정은 외할아버지를 닮아서인지 인물이 훤했다. 게다가 성격도 맹랑했다. 안 될 줄 알면서도 인민배우를 지망해서 덜컥 합격했으나 월남자 가족이라는 신분이 드러나서 고배를 마실 수밖에 없었다. 북한에서는 3대를 충성해야 겨우 나쁜 토대에서 벗어날 수 있다. 생각 없이 인민배우에 도전한 현정은 춘실의 눈에도 철없는 이상한 아이로 보일 정도였다.

사상과 이념이 아무리 견고하다 해도 역시 남자들은 예쁜 여자 앞에서는 맥을 못 추는가 싶었다. 토대가 나쁜 집안의 딸임을 알면서도 청년들이 현정에게 줄을 섰다. 그 많은 남자 중에 하필이면 항일무장투쟁 집안의 아들을 골랐는지, 철이 없기는 둘 다 마찬가지였다. 시댁 집안 식구들이 나서서 현정에게 악담을 퍼붓고 급기야 아들과 인연을 끊겠다는 난리를 겪고도, 사위 녀석은 끝내 고집을 부려서 현정과 결혼을 감행했다.

결국 그 결혼 때문에 사위는 집안에서 쫓겨났고 할 수 없이 빈털터리로 처가 근처에 빈궁한 살림을 차렸다. 거기서 그쳤으면 다행이련만, 불순한 집안과 혼인한 죄로 사위는 직장에서 쫓겨나 러시아 벌목공으로 차출되어 떠났다. 그나마 시댁 사람들이 암암리에 뇌물을 바친 덕분이었다. 그사이에 현정인 아들 하나를 얻었고 그럭저럭 눈치 구덕에서 연명하고 있었다.

그렇게 이 년쯤 지났을 때, 현정이가 근방 오십 리 정도 떨어진 산골로 교방당했다는 소식이 전해졌다. 그만큼 보복했으면 됐지, 이렇게 끈질기게 괴롭힐 필요가 있는가, 정말로 속이 상했다. 내막인즉 러시아 벌목공으로 차출되었던 사위가 근무지를 이탈해 행방불명되었다는 것이다. 곧이어 남한으로 탈북했을지도 모른다는 엄청난 소식이 뒤를 이었다. 눈앞이 깜깜했다. 당장 자신에게, 아니 큰아들에게 닥칠지도 모르는 재앙 때문에, 춘실은 정신을 차릴 수 없었다.

"야, 오빠에게 해 끼치지 않게 잘 처신해라. 너는 출가외인이니 우리와는 아무 상관도 없다, 알았지?"

어미라는 사람이 곤경에 빠진 딸에게 기껏 한다는 소리가 그런 인정머리 없는 말이었으니, 지금 현정이가 엄마를 대하는 계산적인 태도도 탓할 것이 없다는 체념이 들었다.

수혈 방에서 아버지가 먼저 피를 뽑고 일어섰다. 아버지는 아무 말 없이 아들과 함께 나갔고 그녀의 차례가 되었다. 아니다. 아무 말을 안 한 것이 아니라 "전화하지 말라"는 말을 귓가에 속삭이고 일어섰다. 간호사가 그녀의 팔에 고무줄을 감았다. 마른 나뭇등걸처럼 거친 팔을 두드려 혈관을 찾아 피를 뽑기 시작했다. 사실 하나도 아프지 않았다. 그까짓 주삿바늘쯤이야 모기에게 한번 따끔 물린 정도에 불과했다. 그런데 주삿바늘을 꽂자마자 갑자기 눈물이 흐르기 시작했다. 눈물샘을 찌른 것도 아닌데, 참았던 눈물이 주체할 수 없이 펑펑 쏟아져서 그만 흐느끼는 지경이 되었다. 마음으로는 그만 그치고 싶은데, 터진 둑에서 흘러나오는 물처럼 눈물이 주룩주룩 쏟아졌다.

"많이 아프세요?"

간호사가 깜짝 놀라서 그녀를 보고 물었다.

"아니에요. 아파서 우는 게 아니에요. 저분이 사실 제 아버진데 이렇게 피 검사, 유전자 검사를 한다는 게 너무 가슴이 아파서 우는 거예요."

아무리 재판정에서 만났더라도 아버지고, 배가 달라도 피를 나눈 동생인데, 식사 때니 밥이라도 같이 먹을까 기대한 것이 어리석었을까. 생면부지 남도 함께 밥을 먹는데, 그래도 피를 나눈 동생인데 뒤도 돌아보지 않고 먼저 휑하게 나가버리는 뒷모습이 서운해서 눈물이 쏟아졌다. 그렇게 아버지를 만난 게 마지막이다. 하긴 아버지도 그녀의 편을 들어봤자 먹을 '알'이 없으니 모른 척하는 것이 그나마 여생을 의탁하는 방법이겠거니, 이해하려고 무진 애를 썼다.

　아마도 그들은 그녀가 친딸이 아니라고 확신한 듯하다. 제 아버지보다 더 늙어 보이는 노파가 갑자기 나타나서 딸이라고 우기니 정신병자 정도로 여겼겠지. 그래서 친자확인소송에 순순히 응한 것이 아닐까. 춘실과 현정은 그 후에도 재판정에 여러 번 나갔다. 하지만 아버지는 아예 나오지 않았고 변호사가 대신 일을 처리했다. 춘실 편에서 마땅한 증거도 없었고 딸이라고 해도 닮은 구석이 전혀 안 보였기에 그들은 자신 있게 유전자 검사에 응했을 것이다. 하지만 춘실의 입장에서는 하늘이 도우셨다고 할 수밖에 없다. 만약 춘실이 진짜 딸이라는 생각을 한 번만 했더라도 그쪽에서 그렇게 순순히 유전자 검사에 응하지 않았을 것이다. 아마 다른 사람의 피나 머리카락을 들고 와서 검사해달라고 우겼을지도 모른다. 그러나 유전자 검사의 결과는 그녀가 확실하게 친딸이라고 가르쳐주었다.

　그러자 이복형제들은 유전자 검사를 다시 해야 한다고 소송을 냈다. 하지만 병원에서 확증한 일을 반복할 필요가 없다는 이유로 기각되었다. 춘실이 따로 손을 쓰지 않아도 법원의 명령으로 양천구청에 가서 호적 정리를 했고 그녀는 당당하게 아버지의 맏딸로 호적에 올려졌다. 그 과정이 장장 육 년이나 걸렸다.

하지만 다행이라고 생각한 것이 오히려 독이 되었는지, 그 다음부터 아버지를 만날 길이 없었다. 아버지를 어디다 감춰 두었는지, 신사동 집으로 찾아가도 없다는 말만 되풀이했다. 아예 집 안에 발도 들이지 못하게 했다. 인터폰에서 그녀를 확인한 새어머니는 대문까지 나와 그녀를 벌레 보듯 하면서 차비나 하라며 삼만 원을 던져주고 문을 꽝 닫아걸었다. 마치 돈을 뜯으러 오는 공갈범 취급이었다.

"그 삼만 원을 면상에다 도로 던져주고 오지. 배알도 없이 그걸 받아와요?"

현정이 언성을 높였다. 처녀 때 곱지 않은 사람이 어디 있으랴만 현정인 참 예뻤고 지금 눈물이 그렁그렁한 얼굴도 참 예쁘다. 그래서 인민배우로 뽑힐 뻔했지만, 외할아버지가 월남자라는 이유로 마지막 심사에서 탈락하고 말았다. 북한에서는 3대까지 행적을 문제 삼기 때문이다. 결국 월남한 아버지가 춘실 가족이 당한 불행의 원인이 아닌가, 그들이 비참하게 살아온 데 대해 원인 제공자인 아버지가 책임져야 하지 않을까, 그런 생각도 잠시 스쳤다.

"그래도 어른인데⋯⋯ 돈이 무슨 죄가 있니? 사람 마음이 죄지. 그리고 내가 청소하면서 하루에 이만 원을 받는다. 하루 청소비보다 많은데 왜 안 받니?"

어찌 되었든 돈을 귀하여 여겨야 돈이 붙는다. 이것이 춘실의 지론이었다. 북한에 있을 때라면 삼만 원은 어마어마하게 큰돈이다. 달러로 환산해도 이십 달러가 넘고, 오십 킬로그램이나 되는 등짐을 지고 부지런히 한 달을 움직여야 구경할 수 있는 큰돈이다. 이십 달러를 쌀로 바꾸면 몇 달을 배불리 먹을 수 있다. 돈을 쌀로 바꿔 생각하는 게 습관이 되어버렸다. 남한 땅에서는 아무도 귀하게 여기지 않는 쌀, 그녀는 그 쌀을 위해 평생을 다 바쳤다고 해도 과언이 아니다.

춘실은 때때로 아버지의 전화번호를 무심하게 눌러본다. 아버지의 전화도 없애버렸는지 '지금 거신 전화는 결번입니다'라는 말만 앵무새처럼 반복했다. 그래도 혹시나 해서 전화를 걸다가 나중에는 답이 없는 줄 알면서도 하릴없이 전화번호를 그냥 꾹꾹 누른다. 아버지는 이 세상에 살아 계시는가? 아니면 돌아가셨을까? 그래도 돌아가시기 전에 그녀를 한 번쯤 부르시지 않을까? 그녀에게 남길 말이 있지 않을까? 유언이라고 하면, 다른 식구들이 그래도 존중하지 않을까? 그래서 십 년째 가족관계증명서를 살피는 중이다. 사망 신고가 안 된 것을 보니 아버지는 분명 살아 계신다. 그나저나 도대체 아버지는 어디에 계시는 걸까? 누구에게 하소연해야 아버지를 찾을 수 있나?

3장
이산가족, 분단가족

 무슨 마음이었는지 생사를 알 수 없던 아버지가 2000년대 초반, 대한적십자사를 통해 이산가족 상봉 신청서를 냈다고 했다. 그 소식을 듣고 춘실은 두려움에 몸을 떨었다. 아버지가 월남자라는 이유로 그동안 받은 눈총과 학대와 멸시는 머릿속에 남은 기억이 아니라 몸에 새겨진 듯, 아버지라는 말만 들어도 다리가 후들거렸다. 긴 세월이 지나 잊을 만해졌는데, 갑자기 아버지가 남조선에 있다는 소식을 듣자, 벼락 맞은 것처럼 정신이 아뜩하고 명치가 꽉 막힌 듯했다.
 "이제 어쩌라고 연락하시는가? 겨우 안정을 찾은 자식들은 어떻게 살라고 이런 신청서를 낸단 말인가?"
 반가움보다는 원망의 마음이 앞섰다. 그런데 통지를 받은 지 며칠 후에 군당 간부가 몸소 춘실을 찾아왔다. 군당 간부라면 평소에는 언감생심, 눈도 똑바로 마주치지 못할 높으신

분이었다.

"동무 아버지가 서울에 있다던데?"

비아냥거리는 것인지, 뭘 캐내려는 것인지 말투가 건들거렸다.

"네? 그럴 리가요? 저는 그런 말을 통 들어본 일도 없습니다."

춘실은 깜짝 놀라듯 주먹을 꼭 쥐고 몸까지 부르르 떨었다. 아버지가 서울에 있다는 말에 모골이 송연했다. 환갑을 바라보는 나이지만, 군당 위원장의 입을 통해 '아버지'라는 말만 들어도 경기가 날 지경이었다. 돌아가신 줄만 알고 있던 아버지가 남조선에 살아 있다는 사실 자체가 큰 충격이었다. 말만 들어도 반가움보다는 서늘한 공포가 엄습했다. 살아 계셨으면 좋겠다고 막연하게 은밀한 희망을 품은 적은 있지만, 막상 아버지의 존재가 모습을 드러내자, 온몸을 찌르르 관통하는 싸한 두려움에 몸이 떨려왔다. 월남자의 자식이라는 딱지가 평생 그녀를 얼마나 괴롭혀왔던가! 그동안 아버지라는 존재는 그녀의 인생에서 지워 없애야 할 짐이었다. 이제 거의 다 지워져 희미해진 아버지의 그림자가 다시 살아나서 가족을 찾고 있다니 당황스러웠다.

"놀랄 것 없어. 이산가족 상봉을 준비하라는 말이지."

군당 간부의 말투는 상당히 누그러져 있었다.

"그게 뭔 말씀이래요? 누구 아버지 말씀이야요?"
"누구긴 누구야? 동무의 아버지 말이지."
"아니, 갑자기 무슨 말씀인지 잘 모르겠습니다."
"치안대장인가 뭔가 하다가 남조선으로 뛴 그 반동 동무가 여태 살아 있다네. 거기서 어마어마한 부자가 된 모양이야. 이번에 가족을 만나고 싶다고 이산가족 상봉 신청을 했다니까. 그러니 준비하라는 말이지."
"아닌 밤중에 홍두깨라더니, 너무 놀라서 뭘 어떻게 해야 할지 모르겠습니다. 저는 그런 민족 반역자인 반동분자를 만나고 싶지 않습니다."
"걱정하지 말고 나중에 당에서 지시하는 대로 하면 돼."
 군당 간부처럼 높은 양반이 직접 춘실을 찾아온 것만 해도 놀라운데, 이산가족 상봉을 준비하라니 더욱 경이로운 일이었다. 하긴 고난의 행군 이래로 남한에 친척이 있는 집은 반동분자에서 부러움의 대상으로 은근히 바뀌는 분위기였다. 아마도 무엇인가 떡고물을 바라고 군당 간부가 직접 행차했을 것이다. 그런데 이상하게 아버지가 살아 있다는 말에 두려우면서도 한편으로 가슴이 뛰었다. 아버지가 아직도 우리를 잊지 않고 기억하고 있을까? 아버지는 나를 여기서 구원해줄 수 있을까? 어머니가 살아 계셨다면 얼마나 기뻐하셨을까? 지나온 세월 아버지로 인해 두 모녀가 겪은 어려움은 말로 다

할 수 없는 것이었다.

　반동분자 아버지 때문에 받은 수모와 천대가 너무나 깊게 자리를 잡아서 아버지라는 단어만 들어도 깜짝 놀라 경기가 날 지경이었다. 하지만 세상이 변했나 보다. 남조선에 부자 아버지가 있다는 소문만으로도 그녀에게 스포트라이트가 쏟아졌다. 아직 아무것도 손에 들어온 것이 없는데도 이웃들의 눈초리가 부드러워진 것을 체감할 정도였다.

　"춘실네는 이제 살길이 열렸네. 남조선에 부자 아버지가 있다니, 노다지가 났구먼."

　노골적으로 그렇게 말하는 사람들도 있었다. 반동분자인 월남자를 오히려 부러워하는 기색이었다. 하긴 미국에 있는 부자 할아버지가 이웃 동리의 온 가족을 모두 다 남조선으로 데려갔다는 소문이 돌았다. 고난의 행군 시대를 거치면서 세상이 많이 달라진 것도 사실이다.

　하지만 이것이 그녀를 얽어매기 위한 덫일 수도 있다. 아버지를 구실로 춘실을 떠보려는 수작일지도 모른다. 매사에 행동을 조심해야 할 것이다. 군당 위원장은 이산가족 상봉 때 아버지를 만나게 해주겠다며 수시로 찾아와 뇌물을 요구했다. 춘실은 자녀들에게 피해가 있을까 두려워서 아버지를 만나고 싶지 않다고 사양하면서도 뇌물을 고일 수밖에 없었다. 아버지를 보고 싶다는 가느다란 희망이 그녀를 들뜨게 했다.

일제 치하에서 모든 사람의 공통적인 바람은 해방이었다. 해방만 되면 모든 일이 순조롭게 풀릴 것 같았고, 해방만 된다면 더 이상 다른 소원은 필요하지 않을 것 같았다. 그러나 그렇게 고대하던 해방이 갑자기 이루어지자 오히려 얼떨떨했다. 거리로 뛰쳐나가 마음껏 태극기를 흔들고, 환성을 지르고, 얼싸안고 나누었던 환희의 불꽃이 시들자 다시 마주한 가난한 현실은 변한 것이 없었다.

해방의 기쁨도 잠시, 나라가 소용돌이에 싸인 것처럼 어지럽더니 남북으로 갈라진다고 했다. 해방 전에는 팔도강산을 마음대로 돌아다녔다는데, 꿈에 그리던 해방이 되자 오히려 분위기가 심상치 않았다. 신탁통치에 반대하던 사람들이 갑자기 신탁통치를 지지하더니 남한과 북한의 주장이 달라졌고 급기야 삼팔선이라는 게 그어졌다. "누가 우리의 가슴에 함부로 금을 그어, 강물이, 검푸른 강물이 굽이쳐 흐르느냐. 모두들 국경이라고 부르는 삼십팔 도에, 날은 저물어."* 어떤 시인은 이렇게 한탄했다. 누가 허락했는지 삼팔선 아래는 미국이, 삼팔선 위는 소련이 대신 다스린다고 했다.

황해남도 강령군은 처음엔 남한에 속했다. 삼팔선이라는

---

* 이용악의 시, 「38도에서」.

선이 그어졌지만, 그야말로 선에 불과한 삼팔선이 동네 사람들의 생활을 단번에 바꿀 수는 없었다. 지도 위에 선을 그어 보니 집은 남한에 있는데 논은 삼팔선 북쪽에 있었다. 농사를 지어 먹고 살려면 논에 가야 하고, 집으로 돌아와야 하니 삼팔선을 넘어 다닐 수밖에 없었다. 저수지는 북쪽에 있는데 논은 남쪽에 속한 사람들도 마찬가지로 별로 신경 쓰지 않고 평소 습관대로 넘어 다녔다.

개성이나 강령처럼 연계선에 살던 동네 사람들은 별 어려움 없이 남북을 오갈 수 있었다. 남에 속한 지역에 사는 사람들에게는 도민증이 나왔다. 그런데 북에서도 임시 공민증을 만들어주었기 때문에, 필요에 따라 도민과 공민의 자격으로 넘나들 수 있었다. 감시가 허술한 곳으로 사람들이 수시로 드나들었고 서로 왕래해도 크게 문제 삼지 않았다. 그러나 해가 갈수록 삼팔선은 국경처럼 완고해졌다.

급기야 편지 등 우편 행랑까지도 일주일에 두 차례씩 맞교환을 통해 전달했다. 군인은 물론이고 일반인에게도 여행 자제 경고가 내려지더니, 이윽고 여행 불가 명령이 떨어졌다. 남의 나라 사람들이 들어와서 우리 백성들을 통제했다. 그래도 뱃길은 다 막을 수 없었는지 해주 쪽에 와서 머물다가 눈치껏 배를 타고 남한으로 가는 사람들이 점차 늘어나고 있었다.

어지러운 시국에 아버지가 고급 양복을 맞춰 입고 돌아다녔다고 해서 집안 어른들의 걱정이 이만저만이 아니었다.

"시절이 어수선할수록 조신하게 처신하라고 일렀건만, 그렇게 말을 안 듣고 제가 하고 싶은 것 다 하며 나돌아 다니니 어쩔지 모르겠네. 무사해야 할 텐데."

"그래도 그 아이는 밉상이 아니라 괜찮을 거야."

비단 아버지만의 문제가 아니었다. 까딱하면 온 집안이 화를 입을 수도 있는 위기의 그림자가 다가오고 있었다.

"괜찮을 거다. 동훈이가 사람 다루는 솜씨가 있는데다, 사람 차별하지 않고 누구와도 척지지 않았으니 무사할 거다."

"하긴 어려서부터 그 애는 험한 바위산 꼭대기에 데려다 놔도 살아 돌아올 녀석이라고 했어."

아버지는 동네서도 소문난 멋쟁이였다. 키도 크고 잘생긴 데다 금상첨화로 부잣집 아들이었다. 멋쟁이 아버지는 동네에서 인기가 좋았다. 더구나 할아버지의 형님인 큰집 할아버지는 광산을 가진 큰 부자여서 후광을 더해주었다. 큰집 할아버지만큼 부자도 아니고 큰 사업가는 아니었지만, 춘실의 할아버지도 상당한 부자였다고 한다. 할아버지도 무엇인가 기민한 예감이 있었던 것 같다. 아니면 어떤 정보 선이 있었을지도 모른다.

해방이 분단으로 이어지고 길이 막히자, 삼팔선 분계 연선의 주민들은 남한도 북한도 아닌 어정쩡한 상태에 머물고 있었다. 개성과 강령에 사는 사람들은 남한의 도민증을 가지고 있었고 동시에 북한에서 공민증 대신 내준 임시증명서를 소지하고 선을 넘어 다닐 수 있었다. 그녀의 마을은 남한에 속했지만, 북쪽에서 지주들을 숙청한다는 소문에 조금씩 술렁거리기 시작했다.

북쪽에서 5정보 이상의 땅을 가진 자를 지주로 여긴다는 소문에 영리한 할아버지는 서둘러서 3정보를 큰아버지에게, 2정보를 아버지에게 각각 물려주었다. 그리고 가까운 친척들과 그동안 성실했던 소작농 몇 사람에게 각각 1정보씩 나누어주었다. 1정보의 땅이면 3,000평이다. 논으로 치면 15마지기에 해당하는 큰 땅이다. 한 마지기에 나락이 8섬 가까이 나니까 쌀로 치면 80킬로 4가마 분량이 수확되는 셈이다. 논 15마지기를 가지고 있으면 남부럽지 않게 살 수 있었다.

사실 남쪽의 분위기도 심상하지 않았다. 동네마다 '경자유전', '토지는 밭갈이하는 농민에게'라는 남로당의 슬로건이 벽을 장식했다. 농사짓는 사람이 토지를 소유해야지, 왜 농사도 짓지 않는 사람이 다 가져다 먹는가, 그런 불만들이 여기저기서 불쑥불쑥 튀어나왔다. 자작농이 사분의 일밖에 안 되고, 거의 모든 농민이 소작농이라는 통계까지 덧붙이며 토지개혁의 바람이 일기 시작했다. 통계에 따르면, 농민의 80퍼센트가 소작농인 셈이다.

"너는 지금이 어느 때인데 새 양복을 맞춰 입고 돌아다니느냐? 나돌아 다니지 말고 집에서 조신하게 지내라니까."

"여기는 자유 국가인데요. 남한이지 않습니까?"

"정신 바짝 차리고, 돌아가는 시국을 잘 살펴보아라. 북쪽에서 지주를 숙청하고 땅을 뺏고 있으니 곧 남쪽에서도 무슨 조치를 할 것이다. 양쪽이 경쟁하는 체제에서는 국민에게 인기 있는 정책은 경쟁적으로 앞을 다투어 시행하기 마련이다. 두고 봐."

과연 남한에서도 이승만 대통령이 조봉암을 초대 농림부 장관으로 임명하여 농지개혁을 한다는 소문이 돌았다. 3정보를 기준으로 그 이상 소유한 농지를 몰수하여 소작농에게 나누어 주고, 토지를 받은 사람은 그 땅의 한 해 수확량의 1.5배를 내기만 하면 자기 것이 된다고 했다. 그것도 5년 동안 현물로 분할 상환하는 파격적인 조건이었다. 그러니까 600평 논에서 12가마를 생산한다면 5년 동안 수확량의 1.5배 즉 18가마를 분할 상환하면 되는 일이었다. 1년에 12가마 농사를 지어 3.6가마씩 5년 동안 갚으면 내 땅이 되는, 신기할 정도로 기발한 방식이었다.

'유상몰수 유상분배'라는 구호를 내세웠지만 땅값을 그해 수확량의 1.5배라고 정한 것은 땅을 거의 강탈하겠다는 신호와 다름없었다. 수확량이라는 말도 정확히 어느 만큼 생산되는지도 모르고 어림짐작으로 하는 표현에 불과했다. 게다가 옥토나 박토에 따라 수확량이 다르고, 문전옥답인지 산등성이에 있는 하늘바라기 천수답인지, 또 해마다 강우량이나 날씨에 따라 수확량이 다르다는 것을 세세하게 고려할 인력도, 능력도, 의지도 없었다. 지주에게는 불리하고 농민에게만 절대적으로 유리한 방식이었다.

급기야 1949년 4월 27일, '농지개혁법'이라는 다섯 글자에 불과한 간결한 법률안이 국회를 통과하면서 엄청난 변화의 소용돌이가 일어나기 시작했다. 평생 소작농으로 가난에 허덕이던 대다수 농민이 자기 이름으로 등기된 땅을 가지게 되었다. 꿈에서도 감히 바라지 못하던 일이 현실로 이루어졌는데도 수혜 당사자들은 좋은 일에 마가 낄까 두려워 표정 관리를 했다. 처음에는 믿기지 않아서, 무엇엔가 홀린 것 같은 기분이었다. 혹시 이 꿈같은 일이 하루아침에 엎어지는 것 아닌가, 비행기를 태우다 갑자기 떨어뜨리는 것 아닌가, 혹시 소쿠리 비행기를 탄 것 아닌가, 조심조심 염려의 시간이 흘렀다.

마침내 자작농의 꿈이 실현되었다. 내 땅 위에 발을 딛고 있다는 기쁨, 토지에 대한 무한한 애착심이 가슴 가득 넘실거렸다. 대한민국은 좋은 나라, 평등의 가치가 각인되는 나라가 될 것이라는 희망도 덩달아 부풀어 올랐다. 전쟁이 일어나자, 이 토지가 대한민국을 수호하는 원동력이 될 줄을 그 누가 알

앉을까. 내 땅을 소유하게 된 농민들은 그 땅에 뿌리를 내리고 산다. 따라서 재산의 공유를 주장하는 공산주의를 거부하게끔 되어 있었다. 사유재산을 가진 사람이 공산주의에 반대하는 것은 너무도 당연한 이치다. 그동안 너무 많이 독차지한 지주를 욕했던 것이지, 모두의 공동 소유를 원한 것은 아니었다. 결국 땅이 나라를 지키는 수호자가 되었다. 내 땅, 내 집, 내 가족을 위해 기꺼이 피를 흘릴 준비가 된 것이다.

국가에서 지주에게 유가증권을 발행해주고 소작농에게 땅을 주는 방식으로 사유재산제도의 기틀을 다지는 혁명적인 일이 실현되었다. 이 제도로 인해 많은 소작농이 자작농의 꿈을 이루었지만, 전쟁이 터지는 통에 그나마 받은 유가증권은 휴지가 되어서 지주들은 땅을 거저 내준 셈이 되고 말았다.

할아버지의 예지가 빛을 발했다. 동리 사람들은 어떻게 알고 미리 땅을 적절히 분배했는지 혀를 내둘렀다. 어떤 사람은 마뜩찮은 의심의 눈길을 보내기도 했다. 그러나 땅을 나눠준 것 자체가 나쁜 일이 아니고, 그동안 집안 어른들이 소작인들을 혹독하게 대하지 않은 덕분에 놀라움과 의심은 시간이 흐르면서 감탄으로 잦아들었다. 할아버지가 대농에서 스스로 내려온 자발적 중농이라는 점이 동네 사람들에게 좋은 인상을 주었다.

당시 마을은 삼팔선 이남이었기 때문에, 대한민국의 관할이었다. 거의 친척이거나 오랫동안 한 가족처럼 살아온 마을 사람들에게는 성격이 꼼꼼한 큰아버지보다는 활달한 아버지가 더 인기가 있었던 것 같다.

그러다가 전쟁이 터졌다. 전쟁의 소식과 함께 마을은 곧바로 인민군의 손아귀에 들어갔다. 동네 사람들은 졸지에 국민에서 공민이 되었고, 공민이 되기 싫은 사람은 야반도주하거나 어디론가 자취를 감추었다. 전쟁이 나자마자 북한군이 가장 먼저 마을로 내려와서, 동네 사람들은 하루아침에 북한 인민이 되어버렸다.

그들은 동네에 들어오자마자 반동을 찾아내서 숙청한다며 이곳저곳을 들쑤셨다. 인민의 피를 빨아먹는 착취자로 지목된 지주들이 속수무책으로 끌려 나와 인민 재판을 받고 무자비하게 처형되었다. 광산을 가지고 있던 큰할아버지는 사업가의 기민한 촉각으로 전쟁 전부터 위기감을 느끼고 있었다. 일제에 의해 운영되었던 철광산이었는데, 일제에 협력했으므로 친일파로 분류되는 것은 당연했다. 해방 후 분위기가 심상치 않음을 직감한 큰할아버지는 서둘러 자녀들을 일본으로 유학 보냈고 남은 가족들도 하나둘 전부 일본으로 보내고 본인만 남아 있던 상태였다. 재산도 거의 다 처분했고 마지막 뒷정리를 마치고 뜨려다가 마지막 순간에 그만 체포되었는데, 그들 말에 의하면 도끼로 까 죽였다고 했다. 민심이 흉흉

했다.

다행스럽게 할아버지는 미리 땅을 분배했고, 그동안 동네의 어려운 사람들을 살갑게 대한 것이 집안을 죽음의 소용돌이에서 건져주었다.

7월 초에 마을로 들어온 인민군은 군 단위, 면 단위, 리 단위로 당 위원장, 인민 위원장, 자위대 대장을 선출하라고 명령을 내렸다. 그들을 핵심 인물로 앞장세워서 공화국의 통치 질서를 확립할 것이라고 선전했다. 인민군이 들이닥치자마자 자위대 대장을 뽑는 일이 시작되었는데, 아이러니하게도 동네 사람들은 아버지를 추천했다. 동네 이장 정도로 생각해서인지 아버지가 딱 안성맞춤이라고 했다. 모든 남자는 빠짐없이 타작마당으로 모이고 여자들과 아이들은 멀찍이 서서 구경했다. 누군가 호명으로 추천하고 다른 누군가의 재청을 받으면 박수를 해서 선출하는 방식이었다. 마을 사람들은 절차를 빨리 끝내고 싶은 듯 우레 같은 박수로 아버지를 자위대 대장으로 선출하고 말았다.

전쟁 중이고, 마을 사람들의 민심이 그러했고, 할아버지가 자발적으로 토지를 나누어준 일이 큰 점수를 따서 아버지는 얼떨결에 자위대장이라는 감투를 쓰게 되었다. 전선이 오르락내리락하는 동안에도 동네에는 별다른 변화가 없었고 아버지는 자위대장이라는 감투를 그대로 유지하고 있었다. 모두

한 동네 사람이니 누군가는 리당 위원장을 맡아야 하고 이왕이면 젊은 사람이 좋다고, 또 해본 사람이 잘한다며 모든 일을 전부 아버지에게로 밀어두고 있었다. 자위대장이든 리당위원장이든 동네 사람들에게는 명칭이 중요하지 않았다. 난리 통에 무사하기만 하면 나머지는 만사 오케이였다.

하지만 예상치 못한 인천 상륙작전으로 인민군의 허리가 끊어졌다. 두 달여 만에 갑작스럽게 다시 국군이 들어오자, 정국이 혼란스러웠다. 동네 사람들도 어느 장단에 춤을 추어야 할지 감을 잡기 힘들었다. 언제 다시 국군이 밀리고 인민군의 세상이 될지 알 수 없었다. 자위대장을 맡고 있던 아버지는 무엇인가 불안을 느낀 것 같았다. 그러나 동네 사람들이 이번에는 아버지를 치안대장으로 추천했다. 자위대장 시절에 별로 열성적인 보복 같은 것을 하지 않았던 것이 좋게 작용한 것 같았다. 원래 평온한 마을이었다. 아이러니하게도 할아버지가 지주였던 점이 오히려 치안대장이 되는 데 긍정적인 영향을 미친 것 같았다. 지주의 자손은 공산당이 되는 일이 드물다는 판단에서였다.

2정보의 땅을 가진 아버지가 지주는 아니라 해도, 어느 정도 상당한 재산을 가지고 있다는 사실이 치안대장이 되는 데 유리하게 작용했다. 게다가 서울로 유학한 외삼촌이 국군에 징집되었다는 사실도 긍정적으로 영향을 미쳤다. 삼팔선이 그어질 당시 동네는 남한의 관할이었고 전시에 잠깐 북한 인민군에게 점령되어 할 수 없이 자위대장을 맡은 것으로 이해가 형성되는 분위기였다. 그래서 치안대장을 맡는 일이 순조로웠고, 그 누구도 토를 달지 않았다.

그러나 그것도 잠시, 북쪽으로 올라갔던 전선이 다시 남하했고 급기야 1·4후퇴로 많은 사람이 너도나도 남으로 내려가기 시작했다. 그 무리 중에는 해방 전에 만주에서 살다가 모든 재산을 버려두고 걷고 또 걸어서 피난민의 대열에 합류한 사람들도 있었다. 지주였다가 땅을 빼앗긴 사람들, 기독교인들, 정권에 비협조자로 낙인찍힌 사람들이 후퇴하는 군인에게 합류하여 남한으로 내려가는 행렬을 이루었다. 그들은 산에 막히고 강물에 부딪혀도 몸으로 길을 내며 남쪽으로, 남쪽으로 향했다.

인민군이 다시 들어오면서 처남이 현재 국군에 속해 있고, 무엇보다 치안대장을 맡았던 사실이 아버지의 목을 점점 조여오고 있었다. 동네 사람들에게 인심을 잃지 않아서 여태 무사했지만, 아버지는 앞으로 다가올 검은 그림자를 직감했던 것 같다. 아버지는 뭔가 결단을 해야 했다.

그날 어머니는 동생을 업고 춘실과 함께 길을 나섰다. 동생을 업은 채 어머니는 머리에 보퉁이를 이고 춘실에게도 멜빵을 만들어 짐을 메어주었다. 좀 무거운 느낌은 있었지만 불평하면 안 될 것 같은 분위기였다. 그렇게 한참을 걸었던 것 같다. 무엇인가 비밀스러운 힘이 그들을 짓누르고 있었다. 춘실이 살던 동네는 바다와 멀지 않았는데 그게 어느 쪽 바다인지는 모르겠다. 중간에 잠깐 쉬어 가기도 했지만, 한 시간은 족히 넘게 걸었던 것 같았다. 아무 데나 주저앉고 싶은 마음뿐이었다.

어머니는 처음부터 고향을 떠나는 것을 못마땅하게 생각하고 있었다. 이웃 동네에 외가가 있었고 서울로 유학했던 외삼촌은 국군에 징집되었다는 소식만 전해왔을 뿐, 전쟁 통에 어찌 되었는지 아직 돌아오지 않고 있었다. 외할아버지는 장독대 위에 물을 떠놓고 매일 기도를 올렸다. 외할머니는 교회에 다녔는데 춘실도 할머니를 따라 몇 번 교회에 간 적이 있었다. 할머니는 아들이 무사히 돌아오게 해달라고 하나님께 기도했지만, 정성도 소용없이 외삼촌은 끝내 돌아오지 않았다. 남한에 있다는 소문만 바람결에 전해올 뿐, 정작 외삼촌에게서는 아무런 소식이 없었다. 외할아버지는 속을 끓이다 돌아가시고 외할머니만 남았는데, 어머니는 외할머니를 홀로 놔두고 피신하는 것을 무척 죄스럽고 부담스럽게 생각하고 있었다.

아버지가 일러준 장소로 가보니 작은 배가 한 척 대기하고 있었다. 어디선가 나타난 아버지가 어머니를 재촉해서 얼떨결에 영문도 모른 채 작은 배에 올랐다. 아주 작은 배가 물결에 밀려 흔들리고 있었다. 배가 흔들거려서 가만히 서 있기가 힘들었다. 춘실은 어머니의 치맛자락을 꼭 붙들고 균형을 잡느라 발끝에 힘을 모았다. 어머니는 앉지도 않고 아기를 업은 채 가만히 서 있었다. 그때 어머니가 업고 있던 동생이 갑자기 울기 시작했다. 집을 떠날 때부터 아이가 열이 나고 칭얼거렸는데 상태가 더 나빠진 것 같았다. 어머니는 아버지를 한번 바라보더니 아무래도 안 되겠다고 고개를 저었다. 어린 눈에도 두 분은 사이가 그리 좋은 편은 아니었다. 내용은 몰랐지만 서로 싸우는 소리를 종종 들어온 터였다.

"아무래도 저는 집으로 돌아가야 할 것 같아요. 이렇게 아픈 아이를 데리고 갔다가 잘못되기라도 하면……"

어머니의 목소리는 담담했지만 결기가 있었다.

"난리 통에 나중은 없소. 눈 딱 감고 그냥 갑시다. 물론 이 배도 안전하리라는 보장은 없어. 얼마나 힘들게 마련했는데……"

"시간이 좀 지나면 난리가 가라앉겠지요. 당신이야 감투를 썼으니 위험하다 해도, 우리 같은 아녀자에게 무슨 일이 있겠어요?"

"글쎄, 앞일을 알 수는 없지만 나는 예감이 안 좋아. 같이 갔으면 좋겠어."

"아이도 아픈데, 가다가 울기라도 해서 들키면 어쩌려고 그래요? 당신이라도 안전하게 잘 피해 있으세요. 집 잘 지키고 있을게요. 시간이 지나면 나아지겠죠."

어머니가 한사코 돌아가겠다고 고집부리자, 아버지는 난감한 것 같았다. 시간을 자꾸 지체할 수도 없는 일이었다. 아버지는 아무 말 없이 가만히 서 있더니 춘실에게 말했다.

"담내야, 너는 그냥 배에 타고 있어라. 아버지랑 같이 가자."

순간 출렁대는 시커먼 바닷물이 무서웠다. 배가 흔들리자, 발바닥이 간질간질해서 중심을 잡기 어려웠다. 이 작은 배를 타고 저 망망한 바다로 나가다니, 거기서 무슨 일을 당하면 어떡하나, 두려웠다.

"나는 엄마 따라갈래요."

그녀는 어머니의 포대기 끈을 붙잡고 곁으로 바짝 다가섰다. 그리고 아무 생각 없이 어머니를 따라 배에서 내렸다.

"그럼, 아버지가 먼저 가서 살 곳을 마련해놓고 데리러 올게. 엄마 말씀 잘 듣고 동생을 잘 돌봐줘야 한다. 우리 담내, 약속할 수 있지?"

그렇게 아버지는 떠났다. 아버지가 옳았다. 그녀의 운명이 갈리는 최초의 중대한 선택이었다.

그 후로 그녀는 인생이 팍팍할 때마다, 그때의 장면을 떠올려본다. 대체 무슨 생각으로 약속한다고 고개를 끄덕였을까. 아버지는 춘실을 무척이나 귀여워했고, 그녀 역시 아버지를 좋아했다. 아버지가 떠나고 얼마 후에 휴전선이라는 게 생겼다. 전쟁이 멈춘 것은 좋은데 삼팔선이 휴전선으로 바뀌면서 동네 사람들은 졸지에 대한민국 국민에서 북조선 인민으로 신분이 바뀌었다. 그들이 살던 벽성군이 진작부터 '신해방지구'라는 이름으로 북한 땅에 편입되어버린 탓이다. 나중에는 이름조차 바뀌어서 옹진군과 합해 강령군이 되었다. 마을 사람들은 그대로 아무 일 없이 그 동네에서 살고 있는데, 하여튼 소속이 바뀌었다고 했다. 그때는 그 변화가 무엇을 의미하는지 정말 몰랐다.

토지개혁을 한다고 동네가 시끄러웠다. 개혁인지, 땅을 다시 나누는 일인지는 잘 모르지만, 할아버지의 땅은 다 몰수되었고 아버지의 땅도 모조리 빼앗겼다. '토지를 밭갈이하는 농민에게'라는 큰 글씨가 붉게 펄럭였다. 경자유전이라나, 땅은 농사짓는 사람이 소유해야 한다는 것이다. 산과 바다에 원래 주인이 어디 있나, 농사짓는 사람이 주인이지. 왜 농사도 안 짓는 지주들이 자기네 땅이라고 우기면서 남이 농사지은 것을 가져가나, 그런 말들이 험악하게 오고 갔다. 남조선도 '농지개혁법'을 만들어서 땅을 나누어 주었다고 했다.

춘실의 집은 땅이 많은 편이라 그녀가 어렸을 때는 동네서 제일 잘 살았다. 장리쌀을 놓아 추수 때면 이자까지 쳐서 쌀이 많이 들어왔다. 광에도 대청마루에도 쌀가마가 그득그득 쌓였다. 농촌에 살았어도 쌀을 팔아서 이불장, 양복장, 책장, 찬장, 신발장을 다 사들였고 재봉기, 축음기도 있었다. 요새 말로 하면, 5장 6기를 다 갖추고 살았다.

아버지가 떠나고 얼마 안 되어 어머니에게 집을 비우라는 통지가 왔다. 그 집이 동네에서 가장 번듯하니 중국인 화교가 들어와 살아야 한다는 것이다. 왜 하필이면 중국 사람이 그 집에 와서 살아야 하는지는 모르지만, 명령을 거역할 수 없는 분위기였다.

"엄마, 이제 우리는 어떻게 되는 거야?"

전에는 동네에 나가면 무슨 놀이를 해도 춘실을 서로 자기 편에 끼워주려고 안달하던 동무들이 이제는 그저 시큰둥하게 바라보았다. 동네 언니들이 서로 업어주겠다고 줄을 서더니 이젠 그 누구도 업어주겠다고 등을 내밀지 않았다. 그것으로 그쳤다면 그래도 한결 견딜 만했을 것이다. 학교 신발장 안에 있는 신발에 흙이 가득 들어 있는 날도 있었다. 심지어는 신발에 똥까지 바르는 일까지 있었다. 가방끈을 잡아당겨 끊어 놓아서 책보에다 책을 둘둘 말아 허리에 차고 다녀야 했다.

"공연히 동네 돌아다니지 말고 집에서 책 읽고 공부나 해라."

　엄마가 심드렁하게 말했다. 학교 가는 것은 물론 밖에 나가는 일도 두려웠다. 인심처럼 변하기 쉽고 사나운 것이 있을까. 호랑이보다 더 무서운 것이 인심이라는 말이 공연히 생긴 게 아니다.

　"엄마, 아버지는 정말 우릴 데리러 올까? 아버지가 무슨 잘못을 했어요? 왜 배를 타고 멀리 가셨대요?"

　춘실은 아버지가 남한으로 간 줄도 모르고, 그저 멀리 가 있는 줄 알았다.

　"글쎄, 요새 꿈에 느이 아부지가 조상님들과 함께 있는 걸로 봐서 아마 돌아가신 거 같다. 자꾸 조상들과 같이 있는 모습이 보여."

　그때부터 춘실은 아버지가 돌아가셨을 수 있다는 가능성을 생각했다. 인민위원회는 땅을 빼앗아 간 것으로도 부족해서 어머니더러 바닷가에 살면 도망칠 위험이 있으니, 바다가 없는 내륙으로 옮기라고 했다. 유사시에 변절 가능성이 짙은 요주의 인물이라는 이유였다. 그래서 어머니는 어린 자녀들을 데리고 봉천이라는 곳으로 이사를 해야 했다. 사실 이사를 한 것이 아니라 쫓겨난 것이다. 그래도 다행스럽게 이삿짐은 차로 실어다 주었다. 그들은 아주 허름한 초가집을 배정받았다. 세간도 쓸 만한 것은 모조리 놔두고 가라고 해서 옷 보따리와 그릇 몇 가지를 챙겨서 움막 같은 곳으로 들어갔다. 아버지는 그들이 고향 집에서 쫓겨난 걸 알고 있을까? 사는 곳을 모를 텐데 나중에 어떻게 데리러 올까. 여러 가지 걱정이 앞섰다.

사실 봉천으로 강제 이주를 당하기 직전에 아버지가 가족을 데리러 사람을 보낸 적이 있었다. 그 사람은 군복 비슷한 옷을 입고 있었는데, 갑자기 나타나서 같이 가자는 거였다. 어머니와 무슨 이야기를 나눈 것 같은데 아버지가 식구들을 데리러 보냈다는 내용인 것 같았다. 마침 남동생이 홍역을 앓고 있었다. 망설이던 어머니는 아이가 아파서 갈 수 없다며 그 남자를 돌려보내고 말았다. 어머니는 여전히 고향 땅을 떠나기 싫은 것 같았다. 그때까지 외삼촌이 돌아오지 않아서 할머니 역시 집을 떠나지 않고 있었다. 조금만 참으면 다시 시절이 좋아질 것으로 예상했던 것일까. 그 조금이 일 년, 이 년, 십 년, 이십 년, 오십 년이 될 줄 알았다면 아버지가 보낸 심부름꾼을 그렇게 쉽게 돌려보내지 않았을 것이다.

그렇게 그들은 이산가족이 되었다. 아니다. 이산가족이 아니라 분단가족이 되었다. 이산가족은 말 그대로 떨어져 있는 공간의 문제만 해결하면 가족이 다시 만날 수 있지만, 그들은 당의 허가를 받아야만 만날 수 있다. 권력의 승인을 받아야 재회할 수 있다는 점에서 분단가족이라는 말이 더 적합할 것 같다.

4장
암울한 인생, 단 하나의 삽화

평천 즉 봉천으로 이주당할 때, 춘실의 나이가 12세였다. 배를 타고 떠난 아버지는 돌아오지 않았지만, 부재중인 아버지는 그 그림자만으로도 남은 가족을 캄캄한 곳으로 밀어 넣기에 충분했다. 그들은 졸지에 치안대장으로 이승만 정권의 앞잡이질하다 월남한 조국의 반역자, 반동분자 가족이 되었다. 할머니는 '지주의 여편네'로 불렸고, 춘실은 '반동분자의 새끼'라고 손가락질 받았다.

토대가 나쁘니 이렇게 산골로 교방해버리는 거구나, 어린 마음에도 짐작이 갔다. 그나마 토대가 괜찮은 사람들은 바닷가로 나오고 그들은 오히려 산촌으로 들어갔다. 그래도 악질로 분류되지 않아서 무산이나 회령, 즉 북부 산간 쪽으로 교방되지 않은 게 천만다행이었다. 아버지가 치안대장을 했지만, 악질적인 나쁜 일은 하지 않았다고 동리 주민 세 명 이상이 증언해주었기 때문이다. 아마도 할아버지 살아생전에 땅을 받았던 사람들인가 싶다. 어머니도 아버지가 지은 죗값을 치르기 위해 평생 충성을 바치겠다고 맹세했기에 그 정도의 벌로 무마된 것이다.

봉천에 도착하는 날, 거기 살던 사람들이 줄줄이 염소를 몰고 산으로 가는 풍경이 무척 인상적이었다. 개천에 걸쳐진 외나무다리 위로 하얀 염소 일곱 마리가 줄지어 걸어가는 모습이 동화책에 나오는 그림 같았다. 봉천의 원래 이름은 평천이었는데, 평양에 있는 평천과 이름이 같다고, 후에 봉천으로 고친 것이다. 국군에 입대했다가 돌아오지 않은 외삼촌 때문에 외가의 친척들은 평안북도 북창으로 추방되었다. 어차피 외할머니와도 이별할 수밖에 없었다. 이럴 줄 알았으면, 아버지를 따라갔을 텐데…… 어머니는 가끔 그런 생각을 하는 것 같았다.

그때부터 어머니는 춘실과 남동생을 거느린 세 식구의 가장이 되었다. 어머니와 춘실은 먹고살기 위한 힘겨운 투쟁을 시작했다. 어머니는 농장으로 가서 일하고 춘실은 동생을 업고 어머니를 따라다니거나 모녀가 일군 밭에서 김을 맸다. 학교에는 가기 싫었다. 공부라고 해야 제대로 된 학습을 하는 것도 아니고, 비행기 공습을 피해야 한다며 동굴 속에 모여 사상교육을 받는 것이 고작이었다.

사상교육을 받을수록 춘실은 나쁜 토대를 가진 인간임이
확연해졌다. 토대가 나쁘면 어디서나 손가락질을 받는다는
것을 어린 몸으로 이미 체험하고 있었다. 차라리 들판에서 나
물을 캐거나 산에 가서 나무를 해다 아궁이에 불을 지펴 밥을
짓는 게 살림살이에 도움이 되고 마음 편했다. 사람들과 마주
치는 일이 왠지 어색하고 죄를 지은 것처럼 얼굴이 화끈거렸
다. 공화국이 들어오고 나서 춘실의 가족은 완전히 쓰레기 인
생으로 전락했다.

그때까지만 해도 세 식구가 먹고사는 일은 그리 어렵지 않
았다. 어머니도 농장에 나가 일했고 그 시절만 해도 소박하게
먹을 만큼 배급이 나올 때였다. 농장 옆에는 농사를 짓지 않
고 그냥 비워두고 묵히는 땅이 있었다. 거기는 손을 댈 수 없
었지만, 대신 산자락을 파서 콩이나 푸성귀를 심어 먹는 일은
눈감아주었다. 사실 농장 이외의 땅에는 마음대로 심어 먹고
살 수 있었다.

"그래도 하늘이 도우셨다. 강령에 있었으면 배곯을 뻔했는
데, 여긴 온통 산이니 자꾸 심으면 그래도 먹을 게 자꾸 나오
지 않느냐. 거기 그대로 살았으면 우리가 배를 타고 나가서
고기를 잡을 줄 아니, 다른 재주가 있길 하니? 땅은 다 뺏겼
지, 참 곤란하게 살 뻔했는데, 그래도 여기는 북데기 일굴 땅
이라도 있으니까 얼마나 다행이냐."

어머니는 콩깍지를 까거나 감자나 고구마를 수확할 때면 꼭 그런 말을 했다. 봉천으로 교방당한 사람들은 정도의 차이만 있을 뿐, 거의 다 토대가 안 좋은 사람들이었다. 그래서 시키는 대로 농장에 가서 열심히 일하고 배급을 받아 근근이 사는 것으로 만족해야 했다. 식구 수대로 쌀도 주고, 기름도 주고, 일 년에 두 번씩 옷도 주고, 가끔 신발도 배급해주었다. 축일이나 기념일이 되면 돼지고기도 나눠주고 술도 한 병씩 받을 수 있었다. 보이는 것이 온통 초록뿐인 산골에서 아무런 희망 없이 살아가는 것이 누군가에게는 고통이겠으나, 오히려 희망을 품지 않아야 견딜 수 있는 생활이었다. 희망이 사람을 살게 한다지만, 희망을 버려야만 대면할 수 있는 삶도 있다. 그때부터 춘실은 사는 일에 모든 에너지를 집중했다.

논둑에 콩을 심어 먹는 것은 일제 치하부터 용납되었던 일이다. 가까운 산에 가서 힘이 닿는 대로 나무뿌리를 캐내고 자갈을 골라내서 작은 채마밭을 만들어 닥치는 대로 심었다. 그리고 기운이 다할 때까지 양동이에 물을 길어다 아침저녁으로 지성스레 물을 주었다. 호박이 넝쿨을 뻗어 웬만한 풀들을 덮어버리는 것을 그때 처음 보았다. 호박잎이 왜 그렇게 큰지, 잎 안쪽에 왜 꺼칠한 가시가 있는지도 알 수 있을 것 같았다. 호박은 잡초밭까지 줄기를 뻗어 침투했다. 그 넓은 잎으로 다른 풀들을 덮어서 햇빛을 차단하고, 꺼칠한 작은 가시

들로 해충을 막아내는 것 같았다. 억센 줄기에 호박을 주렁주렁 매달고 끝없이 새로운 땅을 찾아 줄기를 뻗어나갔다.

  들깨도 땅만 좋으면 무성하게 가지를 펼쳐가며 키를 훌쩍 넘게 자랐다. 매일 잎을 따내도 줄기 사이에서 또 잎이 새로 나왔다. 어머니와 그녀는 호박버무리, 쑥버무리를 해 먹고, 송홧가루를 털어다 다식을 만들어 먹었다. 봄이면 취나물이며 고사리를 꺾으러 다니느라 얼굴이 온통 까맣게 그을렸다. 어머니 혼자 농장에서 일해서 배급이 많지는 않았지만, 어린 춘실이 온 산과 들을 헤매며 부족한 식량을 조달한 셈이었다. 농장에 속한 땅만 건드리지 않으면 나머지 땅에다 무엇을 해도 상관하지 않았다.

  동생이 어느 정도 자라 탁아소에 보내기로 하고 그녀도 농장에 들어가 일하고 싶다고 했다. 춘실은 어려서부터 다른 사람보다 힘이 세고 부지런했다. 다행으로 허락을 받아 어머니를 따라 농장에 갈 수 있었다. 어차피 학교에 갈 수 없는 처지였고 집에서 산이나 들로 쏘다니는 것보다 농장에 가서 일하면 배급을 받을 수 있었다. 춘실의 나이 12세, 아버지가 집을 떠난 후부터 그녀에게 모든 정상적인 생활은 끝장이 났다. 아버지와 함께 탄 배에서 내려온 순간부터 그녀의 인생은 180도 달라진 거였다. 어머니를 따라오지 않고 아버지와 함께 배를 타고 떠났더라면 어땠을까, 가끔 그런 상상도 해보았다. 그랬다면 생활은 훨씬 나았겠지만, 어린 동생과 남은 어머니는 고생을 더 많이 했겠지, 그렇게 억지 위안을 삼았다.

농장의 일이라는 게 끝도 없이 긴 밭고랑을 하나씩 차지하고 호미로 김을 매는, 단순하다면 한없이 단순한 일이었다. 한 고랑을 타고 가면서 양쪽 이랑에 자란 잡초를 제거했다. 어른들 사이에 끼어 있었지만, 그들과 일의 속도를 맞출 수 있었다. 수건으로 땡볕을 가리고 손을 재빨리 놀리면 어른들이 오히려 감탄할 정도였다.

"야, 어디서 이런 에미나이가 왔나? 어쩜 이렇게 일을 싸게 잘하니?"

어른들의 칭찬이 자자했다. 그러면서도 '무리하지 말라'는 충고가 이어졌다.

"아야, 적당히 해라. 어린 나이에 무리하지 말고, 그러다 병이라도 나면 어쩌려고 그래? 이 산골에 병원도 약국도 없는데 말이야."

"오래 일하려면 힘을 잘 조절해라. 마라톤하듯 해야지, 백 미터 달리기하듯 하면 사달이 난다."

이런 종류의 걱정들이었다. 처음에는 어린아이를 배려하는 어른들의 충고로 여기고 고마웠는데, 나중에 보니 그게 아니었다. 집단농장에서는 그 누구도 힘을 다해 일하지 않는다. 열심히 일하나, 눈 가리고 일하나, 똑같은 배급을 받았고 오랜 경력자나 신참이나 같은 대우를 받았기 때문에, 힘껏 일할 의욕을 상실하고 있었다. 처음에는 열심히 하던 사람들도 아무런 대가가 없는 것을 체험하고는 대충 평균 속도에 맞추고 있었다. 그것이 언제 끝날지 모르는 지루한 노동을 대하는 요령이라면, 과연 묵언의 합의로 이루어지는 일이었다. 그래서 그녀처럼 어린 신참내기를 대놓고 훈계하지는 못하지만, 어른들에게는 불편한 존재였다. 그러나 농장 관리위원장 동무에게는 좋은 본보기가 되었다.

"이 동무가 우리 농장의 꼬마 일꾼입니다."

농장 관리위원장 동무가 홉족한 얼굴로 그녀를 바라보았다. 일을 열심히 하면 생산량이 늘어나고 열성적인 일꾼이 많을수록 농장을 경영하기가 수월하기 때문이었다. 퇴비 증산 시책이 나오면 열심히 풀을 베었고, 감자를 수확할 때면 한 알이라도 놓치지 않으려고 부지런히 땅을 헤집었다. 옥수수를 열심히 따서 쌓아두었고, 나무도 힘껏 베어 땔감 장만에도 부지런 떨었다. 그렇게 세월이 흘러 그녀는 어엿한 청년 노동자가 되었다. 농장의 모내기 대회에서도 항상 일등을 도맡아 했고 다른 사람보다 두 몫, 세 몫을 하는 혁신자였다. 무슨 일이든 빨리 정확하게 잘했다. 일하는 것으로 치면 당연히 모범 공민이었다.

모내기 철에는 동네에서 모내기 경연대회를 여는 게 연례 행사였다. 보통 하루에 한 사람이 백 평의 논에 모를 심는 게 기본이었다. 한 마지기가 200평인데, 예전에는 장년 한 사람이 하루 종일 감당할 수 있는 땅의 규모를 한 마지기라고 칭했다는 말이 있었다. 그 말에 따르면, 하루에 100평 땅에다 벼 모종을 심는 일은 예전에 비하면 반도 안 되는 일감이다. 어쨌든 동네 모내기 경연대회에서 대표가 되면, 면 대회, 군 대회에 나가고, 거기서 성적이 좋으면 이어서 도 대회까지 출전한다. 그녀는 면 대회는 말할 것도 없고 군 대회에서도 가볍게 일등을 하고, 도 대회에 출전했다. 거기서도 당연히 일등 할 줄 알았는데, 아깝게 일등을 놓치고 말았다. 혼자서 하루에 500평의 땅에 모를 꽂았는데, 그녀보다 한술 더 떠서 530평에 모내기를 한 사람이 일등을 차지했다. 어쨌든 2등상을 받아 사진도 찍고 잡지에도 얼굴 사진이 나왔다.

그렇게 일에 파묻히다 보니 어느새 나이가 차서 혼인할 때가 가까이 오고 있었다. 당시에는 스물을 넘기면 노처녀로 보는 시절이었다. 그 기준에 따르면, 어느덧 혼기가 꽉 찬 처녀가 된 것이다.

"이제 시집도 가야 할 텐데, 마땅한 사람이 나오도록 빌어야겠다."

어머니는 혼잣말로 땅이 꺼져라, 한숨을 쉬었다.

"내 등에 월남자의 딸이라는 꼬리표가 붙었는데, 누가 데려가겠어요?"

"그러게나 말이다."

그 순간 남쪽으로 가버린 아버지가 떠올랐다. 이상하게 밉거나 원망스럽지는 않았다. 아버지도 나름대로 살길을 찾아간 것이겠지. 어머니 말대로 아마도 저세상 사람이 되어버린 것이 아닌지. 하긴 아버지가 여기 있어도 처형당했거나 감옥에 갔을 것이다. 어차피 도망친 치안대장의 딸이거나 죄수의 딸이 될 운명이라면 등짝에 토대가 나쁘다는 꼬리표가 붙기는 매한가지 아닌가.

"저번에 누가 너를 선보러 온다는 소문이 있던데?"

어머니가 눈치를 살피며 넌지시 찔러본다.

"글쎄, 내가 일을 잘한다고 소문이 나서 며느리로 삼고 싶은 사람들이 있나 봐요. 그런데 선을 보러 오면 뭐 해요? 리당 위원장 비서가 그 사람들에게 사무실에 들르라고 말을 일러요. 그런데 그 사람들이 리당 위원장 비서를 만나고 나면, 없었던 일로 하고 다 그냥 가버려요. 갈 테면 가라고 해요. 나는 어머니하고 동생하고 이렇게 살면 족해요."

"그놈들이 네가 일을 최고로 잘하니까, 널 시집보내기 싫은 거야. 우리 농장에 널 붙잡아두려고 공연히 치안대장 평계를 꺼내는 거지. 이왕 죽은 사람을 왜 자꾸 들먹이나? 아닌 말로, 니 아부지가 살인을 했나, 도둑질을 했나? 동네 사람들이 자꾸 시키니까 자위대장도 됐고 치안대장도 한 거지. 사실 죄지은 거는 없다. 우리가 어쩌다가 반동이 되어서 온 재산 다 몰수당하고 이 지경이 되었나, 생각하면 인생이 참 한심하다."

"누가 들으면 어쩌려고 그래요? 그나마 여기가 산골 동네라 우리가 밥은 먹고 살잖아요. 남조선은 식량이 없어서 거지 떼가 우글거리고 끼니도 못 잇는다는데, 아버지가 거기 살아 있어도 고생이 많겠어요."

"걱정마라. 네 아버지가 살았다면 그저 굶을 사람은 아니다. 다른 사람과 달리 비상 머리에다 수완이 좋으니 무슨 일이라도 할 거다. 갈 때 금붙이나 돈 될 만한 것은 다 짊어지고 갔으니 그나마 다행이지. 여기 두었어도 어차피 몰수당했을 테고, 우리 것이 되기는 다 틀렸지 않았어?"

"아버지가 우릴 데리러 사람을 보냈을 때, 그냥 따라갈 걸 그랬나 봐요."

그녀는 어머니의 눈치를 보며 작은 소리로 운을 뗐다.

"그러게. 하지만 무사히 갈 수 있었을까? 군복 입은 사람이 갑자기 들이닥쳐서 아버지가 보냈다고 하니 믿을 수가 있어야지. 모르는 사람을 갑작스럽게······"

"하긴 그 사람이 어느 편인지도 모르는데, 누군가 우릴 떠보려고 했는지도 모르고요."

어머니가 말은 그렇게 해도 당시 국군에 갔던 외삼촌을 기다리며 집을 떠나지 못하던 외할머니를 홀로 남겨두고 발걸음이 떨어질 수 없었을 것이다. 아니면 아버지와 어머니가 자주 싸웠던 기억을 되살려보니, 아버지가 바람을 피웠을지도 모른다는 생각이 들었다. 멋쟁이 한량이 밖으로 나돌아 다녔으니까. 돈 있겠다, 잘생겼겠다, 수완 좋겠다, 따르는 여자들이 많았을 것이다. 그래서 어머니가 아버지를 믿지 못한 것이 아닐까, 그녀는 그렇게 생각해 보기도 했다. 어쨌든 외할아버지는 어느 날 외출했다가 돌아와서 갑자기 세상을 떠났다고 했다. 혼자 남은 외할머니가 북창으로 추방될 줄 알았다면, 그러니까 어차피 가까이서 모실 수 없었다면, 그 낯선 군복의 사나이를 따라나서는 편이 낫지 않았을까, 그 생각이 늘 그녀의 머릿속을 맴돌았다.

　그렇다면 이렇게 천대받으며 쓰레기 같은 인생을 살지 않아도 되었을 텐데. 아버지만 있으면 어떤 경우에도 식구들을 이렇게 놔두지 않았을 거라는 생각에 그녀는 이따금 하늘을 올려다보는 습관이 들었다. 어린 시절 부자 할아버지 덕분에 서로 업어주겠다고 등을 내밀던 동네 언니들, 놀이만 있으면 끼워주다 못해 서로 자기편으로 데려가려고 다투던 동무들이 갑자기 싸늘해졌을 때, 섭섭함은 말로 다 할 수 없었다. 외면하는 것까지야 어린 마음에도 이해할 수 있었지만, 손가락질을 견디는 것은 정말 힘들었다. 그럴 때마다 그녀는 오기로 이를 악물었다.

"어머니, 걱정하지 마세요. 저는 시집가는 것보다는 열심히 일해서 동생 공부 뒷바라지할게요."

동생은 다행히 소학교 입학 허가를 받아서 학교에 다닐 수 있었다. 토대가 나쁘다고 놀림감이 되는 것쯤이야 학교에 못 가는 설움에 비하면 아무것도 아니다. 어쨌든 열심히 일해서 어머니와 동생에게 밥 굶기는 일은 없이 하겠다고 스스로 다짐했다. 그것이 아버지와의 약속이자, 그녀가 이 땅에 남은 사명이자 신성한 의무 같았다.

소리 없는 봄비가 촉촉하게 땅을 적신다. 비가 내리는 덕분에 농장 일에 약간 틈이 생겼다. 첩첩 산골이라 찾아오는 길을 잃었는지 봄까지도 느지막이 게으름을 부린다. 춘삼월, 3월이 봄이라고 하지만 여기서는 겨울이나 매한가지다. 골짜기에 얼음은 그대로 있고 스치는 바람도 표독스럽다. 4월이 지나가고 5월이 되어야 비로소 풀들이 기지개를 켠다. 춘사월 벚꽃이 하늘하늘 마음을 흔들고 지나가면 진달래가 온통 붉게 산을 물들이기 시작한다. 담벼락에 늘어진 개나리 가지의 꽃 진 자리에 잎이 무성하다.

찾아올 이도 반가운 사람도 없지만 따뜻한 햇살을 품은 봄바람이 마음의 빗장을 풀어놓았는지 공연히 마음이 설레는 날도 있다. 모든 걸 포기했지만 그래도 미진한 미련 같은 것이 끈끈하게 남아 있었나 보다. 봄비가 갈증 난 대지를 적시자 목말랐던 온갖 풀들이 활개를 펴고 마음껏 숨을 마신다. 나뭇가지에 앙증맞은 새싹들이 비죽비죽 고개를 내밀고 있다.

"얘, 이 보드라운 풀들 좀 봐라. 입으로 넘어가게 생겼다."

어머니는 금세 뜯어 먹을 듯, 사랑이 가득 찬 눈길로 하늘하늘 보드라운 풀잎을 바라보았다.

"염소도 아니고, 뭔 풀을 다 먹어요?"

말은 그렇게 퉁명스럽게 받았지만, 요사이 며칠, 연녹색으로 돋아나서 햇빛에 반짝이며 바람 따라 누웠다 일어나기를 반복하는 보드라운 풀잎과 꽃들을 쓰다듬고 싶은 마음이었다. 누가 볼세라 감히 손을 뻗지는 못했지만, 갓난아이처럼 때 묻지 않은 새싹을 바라보는 그녀의 눈길 역시 영락없는 봄 처녀다.

날씨가 따뜻해지면서 굳었던 마음도 흐물흐물해져서 바람이 통할 틈새가 생겼나 보다. 훈풍이 스칠 때마다 치맛자락이 부푸는 것처럼 봄 처녀의 가슴도 부풀었다. 하기야 낭랑 18세 소녀가 아닌가. 전쟁만 터지지 않았어도, 아버지가 남쪽으로 도망치지만 않았어도, 아니 할아버지가 부자만 아니었어도, 그녀도 남들처럼 학교도 다니고 미래에 대한 꿈도 꿀 수 있었을 것이다.

그래도 아버지를 원망하고 싶지는 않다. 아버지도 살기 위해 그럴 수밖에 없었다는 걸 어린 마음에도 알고 있었다. 강령에서 봉천으로 강제 이주를 당한 후부터 그녀의 모든 목표는 오로지 살기 위한 것에 집중되었다. 첫째 목표는 어머니를 굶기지 않겠다는 것, 다음 목표는 동생을 잘 뒷바라지하는 것이었다. 그 신성한 목표 이외에는 어느 것에도 눈길을 돌리지 않았고 그 목표를 위해 태어난 것처럼 오로지 일에만 몰두했다. 그녀는 모범 경작상도 받았고 면에서 우수자로 뽑혀 메달도 받았다. 군 모내기 경진대회에 나가서도 일등 상을 받아왔고 퇴비 증산대회에서도 우승자가 되었다. 그러나 그런 상장과 메달이 약간의 위로가 되었을망정 삶의 방향을 바꿔주진 못했다. 박수 소리가 희미해지면 그녀는 다시 월남한 반동 치안대장의 딸이 되었고 토대가 나쁜 인간으로 전락했다.

인간은 자신이 처한 환경에서 살아가는 방법을 자연스럽게 터득하게 된다. 그녀는 칭찬이나 비난에 일희일비하지 않고 직수굿이 주어진 일을 하면서 별다른 반응을 보이지 않았다. 예의 바르게 가벼운 미소를 짓고 공손하게 고개를 숙이는 게 그녀에게는 가장 안전한 처세였다.

그런데 봄바람이 요새처럼 철벽을 두른 그녀의 마음에 미세한 균열을 가져왔다. 새로 온 젊은 농장 관리위원장 동지가 농장에 가벼운 파문을 일으켰기 때문이다. 그는 전쟁 때 남한에 포로로 잡혀 있다가 북으로 송환된 포로 출신이라고 했다. 남한에 눌러앉지도, 그렇다고 제3국을 택하지도 않고, 조국으로 돌아온 애국자라고 했다. 인민군 송환 포로에 대한 예우로, 그리고 전쟁에 참여했다가 무사히 돌아온 제대군인에 대한 대접으로 농장의 새로운 관리위원장이 되었다는 소문이었다. 휴전선 부근에 월남할 가능성이 적은, 즉 혁명성이 검증된 제대군인들을 배치하려는 정책의 일환이기도 했다. 집단 강화 시간에 거제도 포로수용소의 참상과 미제의 악랄한 소행에 대해 말할 때, 넋을 잃고 그를 바라보았던 것은 그가 총각이기 때문이었을까?

  그는 잘생긴 미남은 아니었지만, 외모 때문에 주눅 들 만큼 추남도 아니었다. 게다가 집안이 좋다는 소문이 있었다. 전쟁의 현장을 겪어서인지 이따금 먼 산을 바라보는 눈동자가 생기를 잃은 듯 침울했다. 우수에 잠긴 그의 모습이 공연히 애처롭게 다가왔다. 말이 없기는 춘실이나 그나 마찬가지였다. 모든 가능성을 차단한 춘실은 생존 외의 문제에는 아무것에도 관심을 두지 않기로 작정한 바이기에, 사실 당의 과업이나 수령님에게도 별로 마음이 가지 않았다. 누가 뭐라 해도 먹고 사는 문제가 아니면 그녀의 관심을 끌지 못하고 귓가에서 흘러 지나가기 마련이었다. 겉보기에는 충실한 일꾼이었지만 먹고사는 데만 마음을 쏟는 춘실은 진정한 생활형 반동분자였다.

"춘실 동무는 우리 농장의 모범 농민이자 혁신자요. 작업반장 말이 춘실 동무 덕분에 그 작업반이 항상 목표를 초과 달성한다는데, 여간 고맙소."

고맙다는 말에 정신이 확 들었다. 지금까지 누구에게 고맙다는 말을 들어본 일이 없는 것 같았다. 당연히 해야 할 일, 당의 명령이니까 따라야 했고, 일을 해야 배급을 받으니 열심히 했고, 아버지가 남으로 도망간 반동의 딸이니까 더 열심히 일했을 뿐이다. 춘실에겐 치안대장 딸이라는 원죄의 굴레가 씌워져 있었다. 살아남기 위해서 열심히 일하는 건 당연하고, 그 당연한 일을 하는 그녀에게 누구도 고맙다는 말을 한 적이 없었다. 춘실 스스로도 그런 치하를 들어보리라는 기대 자체가 없었다. 얼마나 낯설고 이상한 말인가! 고맙다니, 무엇이?

"별말씀을요. 당연히 해야 할 일을 하는 것뿐입니다. 위원장 동지는 전투에 참여하셨고 살아 돌아오셨으니, 그것이 더 고마운 일이죠."

기대치도 못했던 춘실의 말에 그는 순간 움찔했다.

"내가 살아서 돌아온 것이 고마운 일이오?"

"저희 외삼촌은 해방 후에 서울로 공부하러 갔더랬습니다. 저희는 당시에 강령에 살았는데, 그때는 강령이 남조선이었습니다. 전쟁이 나서 국군으로 징집되었다는 말을 들었는데 그 후 소식을 모릅니다. 외할아버지는 속 끓이다가 먼저 돌아가셨고 외할머니는 매일 교회에 가서 빌었는데 아직도 외삼촌의 소식이 없습니다. 외할아버지도 사실 아무도 없을 때 정화수 떠놓고 빌었습니다. 저는 남자가 울면서 비는 것은 처음 보았습니다. 어쨌든 위원장 동지는 살아 돌아오셨으니 고마운 일 아닙니까? 부모에게나 조국에게나 마찬가지로요."

그의 표정이 살짝 일그러졌다가 다시 펴졌다.

"동무는 전쟁이 뭔지 잘 모를 거야. 매일 죽음과 부딪히는 게 어떤 기분인지. 그러면서도 죽음을 생각하지 않으려고 애써 딴짓을 해. 내가 왜, 무엇을 위해 사람을 죽이고 또 죽어야 하나, 그런 생각을 하면 살아남지 못해. 상대방은 사람이 아니고, 적이야. 생긴 건 우리와 같은 사람이라도 그냥 적이지. 적이니까 죽여야 하고, 적을 죽이지 않으면 내가 죽어야 하니까, 살기 위해 죽이는 거지. 그런데 나중에 정신을 차리고 보면, 그 적도 사람이었던 게지. 누군가의 아들이고 오빠고 동생이었겠지. 하지만 나는 절대로 사람을 죽인 살인자가 아니라 적을 처치한 군인이야."

농장의 간부가 그렇게 말을 많이 하는 것은 처음 보았다. 그녀가 원체 말없이 일만 하니까 소문이 나지 않을 거라고 안심했던 것일까? 아니면 바위나 나무에라도 말하지 않으면 견딜 수 없는 전쟁의 상흔이 입을 열게 했던 것일까? 춘실도 무엇인가 아스라한 느낌 같은 게 있었다. 미래에 대한 암울한 생각, 아버지는 어떻게 되었을까? 살아 있기는 한 걸까? 어머니와 동생과 그녀 세 식구 앞에 놓인 장애물은 또 무엇일까? 그쪽으로 생각이 기울수록 당장 먹고사는 문제에만 집중하기로 감정의 고삐를 바짝 당겨 조였다. 아무튼 지난 과거는 사는 데 도움이 되지 않았다. 어떻게 해야 어머니와 동생과 그녀, 이 세 식구가 무사히 살아갈 수 있을까, 오로지 그것만이 그녀의 관심사였다.

"그래도 조국을 택해서 돌아오셨잖아요."
"만약 남조선에 남았다면, 내 가족은 어떻게 되었을까?"
농장 관리위원장 동무가 낮게 중얼거리며 그녀를 바라보았다. 춘실은 당황했다.
'우리 집처럼 되었겠지요.'
하마터면 그 말이 튀어나올 뻔했다. 말 대신 그녀는 야릇한 미소를 지었다. 말하지 않아도 다 안다는 듯이 그도 고개를 끄덕였다.
"왜 그렇게 열심히 일하는 거요? 남들은 다른 사람이 볼 때만 열심히 하는 척하는데, 동무는 왜 그렇게까지 일에 몰두하는지 특별한 이유가 있습니까?"
관리위원장 동무가 존대를 붙이자, 그녀는 갑자기 전혀 다른 사람이 된 것 같았다. 토대가 나쁘다고 뒤에서 손가락질 당하는 것은 예삿일이고, 면전에서 퉁박 당하는 일도 한두 번이 아니었다. 아예 인간으로 대접받을 생각 자체가 없었는데, 농장의 최고 간부가 존대하니, 갑자기 세상이 바뀐 것 같았다.

"들으셨겠지만 제 아버지가 행방불명자입니다. 아마도 월남하시지 않았겠습니까? 저라도 열심히 일해서 죗값을 치르려는 것입니다."

"그건 춘실 동무 잘못이 아니지 않습니까?"

"세상에는 본인의 잘못으로 생기는 일보다는 가까운 사람의 잘못에 연루되어 생기는 일이 더 많지 않습니까? 그러니까 부모의 잘못이면 제 잘못이죠. 그게 업장이고요."

"말하는 게 득도한 사람 같습니다."

나이에 비해 성숙해버린 춘실이건만, 득도한 사람 같다는 말은 어느 정도 충격이었다. 곰곰이 돌이켜보니 득도했다는 말은 맞았다. 반동의 딸로 이 땅에서 살아남으려면 모든 욕구를 없애야 한다. 오직 어머니와 동생을 먹여 살려야 한다는 거룩한 사명 외에 다른 것에 한눈을 파는 것은 정도를 벗어난 일이다. 그렇게 생각하고 살아가는 게 수도자의 삶이 아니면 무엇이랴.

"어쨌든 고맙다는 말을 들으니 살아서 돌아오길 잘한 것 같소."

어색해진 분위기를 무마하려는 듯 관리위원장 동무가 멋쩍게 말을 이었다.

"위원장 동지께서도 저에게 고맙다고 치하하셨습니다. 감사합니다."

"그거야 춘실 동무가 워낙 부지런하게 농장 일을 잘하니까 당연한 인사 아니겠소. 앞으로도 잘 부탁합니다."

"열심히 하겠습니다."

춘실은 자신도 모르게 머리를 숙였다. 그녀를 향해 고맙다, 부탁한다, 그런 말을 해준 사람이 있었을까? 앞에서는 모범적이라고 추켜세워놓고, 뒤에서는 손가락질하는 세태를 그녀도 알고 있었다. 그나마 몸을 아끼지 않고 일하니까 입에 발린 칭찬이라도 하는 것을. 하지만 입발림으로 하는 칭찬이라도 때로 큰 위로가 된다는 것을 남들은 알고 있을까.

그렇게 첫 대면이 시작되었다. 그날부터 위원장 동지가 춘실의 마음속에 슬며시 들어와 자리를 잡았다. 나이가 무려 열 살이나 차이 나고 신분이 다르다는 것, 사실 그것이 문제가 되지는 않았다. 구체적으로 무엇을 어떻게 하려는 것도 아니었다. 그냥 누군가 한 사람쯤 마음에 품고 있어야 하는 방년 20세의 봄 처녀니까. 아무도 모르게 누군가를 마음에 품는 것은 자유다. 누구를 마음에 두든 그것만은 제멋대로 할 수 있는 일이니까.

그러나 누군가를 비밀스럽게 마음에 품는 것, 그것은 비밀도 자유도 아니었다. 맹세코 어머니는 물론 그 누구에게도 입을 열지 않았지만 바람이 전했을까, 온 농장에 공공연한 비밀이 되어버렸다. 그리고 마음에서 그를 지우는 일도 자유롭지 않았다. 들어와 박힐 때는 자유였지만 마음에 똬리를 틀고, 뿌리를 내리고 보니 쉽게 지워지지 않았다. 아무리 내보내려고 해도 자꾸만 제자리로 돌아오는 것이 여간 성가신 일이 아니었다. 생각하지 않으려는 생각 자체가 집요하게 뇌리를 어지럽혔다. 지우려 해도 지워지지 않는 고통이 한여름에도 춘실의 마음을 서늘하게 만들었다.

이심전심이 통했을까, 위원장 동무가 춘실을 바라보는 눈길도 심상하지 않았다. 마음으로는 강하게 부인해보지만 그녀를 바라보는 눈길이 여느 때와 다른 것 같았다. 그녀 역시 위원장 동무를 대하는 것이 부자연스러울 정도로 서름서름했다. 그렇게 두 사람은 서로를 비껴갔지만, 당사자 둘만 모른 채, 모두가 아는 비밀 아닌 비밀이 마을을 술렁이게 했다.

"너 혹시 남자 있는 거 아니냐?"

어머니가 슬쩍 떠보는 질문에 춘실은 움찔했다.

"누가 그래요? 내가 남자 만나러 다닌다고? 어머니가 알다시피 제가 가는 곳이 농장밖에 더 있어요?"

"그건 그렇다만…… 이상한 소문이 들려서 그래. 네가 누구를 좋아하는 것 같다고."

"따로 만나지도 않고 서로 말도 안 하는데, 누굴 좋아하는지 어떻게 남들이 알아요?"

"글쎄, 그렇긴 하다만…… 특별한 말을 안 해도 다 알게 되는 수가 있나 보다. 하긴 너도 시집갈 나이가 꽉 찼는데 마땅한 신랑감이 없어서 말이다. 나는 네가 누굴 좋아하든 사지육신 멀쩡하고 정신만 바로 박힌 사람이라면 반대하지 않는다."

"토대가 나쁘다고 손가락질 당하는 처지에 제대로 된 사람이 나를 데려가기나 하겠어요?"

"그러니까 만일 그 위원장 동무만 좋다고 하면 다른 말 하지 말고, 못 이기는 체 따라가거라."

깜짝 놀라서 다른 변명을 할 겨를도 없었다. 춘실은 도대체 자신이 입 밖에 내본 적도 없고 위원장 동무와 따로 만난 적도 없는데, 어떻게 발도 없는 소문이 이렇게 널리 퍼져서 어머니에게까지 온 것인지 의아했다.

"도대체 누가 그런 소리를 합니까?"

"누가 한 소리인지가 중요한 것이 아니고, 그게 사실이면 잘됐다는 말이지. 다 큰 처녀 늙쿠게 생겨서 걱정이 이만저만 아닌데, 외려 잘된 일이지."

"위원장 동무가 들으면 기가 막히겠습니다. 뭐 이런 동네가 있는가, 욕하겠습니다."

춘실은 위원장 동무가 이 소문을 듣고 화를 내면 어쩌나,

걱정이 앞섰다.

"기분 나쁠 것이 뭐 있갔나? 말이야 바른말로 위원장 동무도 노총각 아니가? 우리가 토대 나쁘다는 것 말고 뭐 꿀릴 게 있나? 너 일 잘하지, 영리하지. 난리만 없었어도 잘살았을 텐데, 세상이 바뀌어서 반동이 된 걸 가지고. 전에 우리 집에 쌀 얻으러 와서 굽실대던 사람들이 세상 바뀌었다고 힘쓰고 다니는 걸 보면 울화통이 터진다."

"어머니, 누가 들으면 어쩌려고 그런 소릴 하십니까?"

"들을 사람이 없으니까 하는 소리다. 목숨이 모질어서 찍소리 못하구 있다만, 그렇다는 이야기야."

"그래도 낮말은 새가 듣고 밤말은 쥐가 듣는다고 하지 않습니까?"

"그러니 쥐도 새도 모르게 너한테만 말하는 거 아니냐?"

어머니는 무엇이 좋은지 깔깔 웃었다. 부끄럽고 창피해서 어떻게 농장엘 나가나? 춘실은 쥐구멍에라도 들어가고 싶은 심정이었다.

5장
창살 없는 감옥

춘실은 농장에서 짐짓 위원장 동지가 있는 자리를 피했다. 교양교육을 받을 때도 멀찌감치 떨어진 곳에 자리를 잡았고 그가 있는 쪽으로는 일부러 눈길도 주지 않았다. 관리위원장 동무가 아무 내색이 없는 것으로 보아 아직 소문을 듣지 못했음이 분명했다. 다행스러우면서도 한편 야속한 마음이 드는 것은 무슨 까닭인가. 아무튼 그렇게 조심조심 가만히 시간이 흘렀다.

산골에는 봄은 늦게 오지만 가을은 빨리 온다. 짧은 여름 날씨가 덥다 싶었는데, 어느새 아침저녁으로 찬바람이 일고 이삭이 패고 알곡이 익어갔다. 추석이 지나면 가을걷이로 바쁜 나날이 돌아올 것이다. 봄에 품었던 짝사랑, 소문만 무성한 짝사랑에는 아무런 메아리가 없었다. 혼자 좋아하다, 혼자 부끄러워하다, 혼자 지쳐서 냉담해졌다. 이제는 위원장 동무가 아는 체를 해도 거절할 참이었다. 가을바람이 머리를 식혀 줘서 제정신이 돌아오는 것 같았다. 봄의 따스함과 여름의 열정이 서리로 바뀌려고 하는 찰나, 위원장에게서 기별이 왔다. 그런데 이상하게 가슴이 뛰지 않았다. 남몰래 여러 번 그려보던 순간이 실제로 찾아왔는데, 정작 기뻐야 할 마음이 조금도 요동하지 않았다.

"춘실 동무를 보자고 한 것은 다름이 아니라, 우리 농장 서기가 한번 만나보라고 해서……"

위원장 동무가 군색스럽게 말을 붙였다.

"무슨 일인가요?"

전혀 상관없는 사람과 대면하듯 그렇게 말이 먼저 냉랭하게 나와버렸다.

"우리 농장을 경영하는 데 모범적으로 헌신하는 데 감사드리고, 앞으로도 솔선수범해 주실 것을 믿고 잘 부탁드립니다."

"그 말씀을 하려고 만나자고 하셨어요?"

"그게 아니고, 실은 다른 사람들 말이 춘실 동무를 꼭 붙잡으라고 합니다."

"저 어디 안 가요. 달리 갈 곳도 없고, 어차피 우리 농장에서 일할 건데요. 걱정하지 마세요."

"네, 그럼 안심하고 있겠습니다. 꼭 여기 있어야 합니다."

관리위원장 동지가 허둥대고 있는 품이 오히려 우스웠다.

첫 만남은 그렇게 싱겁게 끝났다. 언감생심 멀리서 보기만 해도 그리 설레던 위원장 동무와 단둘이 마주하자 어디서 그런 서늘한 강단이 나왔는지 자신도 모를 일이다. 사랑은 이렇게 묘한 걸까, 가까이서 바라보는 것보다 멀리서 그려볼 때 더 설레는 걸까. 그토록 꿈꾸던 일이 눈앞에 닥치자 무작정 피하고 싶은 것은 무슨 심보란 말인가. 마음대로 빚어놓은 그와 현실의 그는 다른 사람이었나. 그래서 얼음 장막을 쳤을까, 꿈에서 깨어나지 않으려고? 하지만 기분이 나쁘진 않았다. 자기 곁에 있어달라는 말을 곰곰이 되새기며 집으로 돌아오는 발걸음이 한결 가벼웠다.

혼기가 꽉 찬 처녀와 노총각 관리위원장 김창국은 그렇게 조금씩 가까워졌다. 김창국은 의지가지없는 처지라고 했다. 전쟁 포로가 되어서도 부모 형제를 생각해서 고향으로 돌아왔는데, 막상 부모는 난리 통에 폭격을 맞아 세상을 떠나고 집터도 흔적만 남았다고 한다. 그나마 하나 있던 여동생은 행여 잘못될까, 난리 소식이 들리자마자 서둘러 짝을 지어 시집보냈다고 했다. 그래서 혼자 덩그렇게 남은 그에게 조국을 위해 힘썼다는 이유로 농장의 관리위원장 자리가 주어진 것이다.

오직 살아야 한다는 일념으로 주위의 멸시와 냉대를 애써 외면해온 춘실은 홀로 외롭게 남은 감창국에게 마음이 조금씩 기울어갔다. 꽉 막힌 산골, 어디를 보아도 산으로 둘러싸인 거대한 감옥, 터진 것은 오직 하늘 한 곳뿐이었다. 새처럼 자유롭게 날아다닐 수 있다면, 훨훨 날아서 이 땅을 벗어나고 싶었다. 저 하늘 건너편에는 다른 세상이 펼쳐지고 있을지도 모른다는 생각이 불쑥불쑥 그녀를 찾아왔다. 하지만 그녀의 양 날개에는 어머니와 동생이 매달려 있다. 그들을 매달고 날아갈 수 없는 현실이 그녀를 이 땅에 주저앉게 했다.

군 대회나 도 대회에 참여하느라 잠시 이곳을 벗어난 적이 있지만, 그때는 대회 우승만 생각하느라 다른 것이 눈에 들어오지 않았다. 읍이나 도시라고 해봐야 신작로가 좀 더 넓고 더 많은 사람이 왕래하는 것을 빼고, 분위기는 엇비슷한 것 같았다. 아니, 가능성을 아예 닫아버린 그녀의 눈에 새로운 것이 들어올 여지가 없었을 것이다. 산골 마을이 일생을 보내야 할 땅이라 체념하고 다른 곳에는 눈길조차 돌리지 않았다.

농장 관리위원장에게 도움이 되고 싶은 마음에 춘실은 더 열심히 일했다. 그녀의 손길이 필요한 곳에는 수고를 아끼지 않았다. 김창국은 그녀에게 감사의 말을 전했고 그녀는 나름대로 그에게 도움이 되어 행복했다. 감히 행복이라는 말이 가당키나 할까. 행복이라는 단어는 그녀의 인생에서 아예 유예되어 있었지만 그래도 마음 한구석이 포근해졌다.

"춘실 동무, 농장의 주인답게 열성스레 일하는 것도 좋지만 너무 무리하지 마시오. 건강을 잘 지키시오."

그가 살며시 건네주는 벽돌과자와 돌사탕이 춘실의 마음을 세차게 흔들었다. 하도 딱딱해서 하루 종일 물고 빨아 먹어야 한다고, 십 리를 걸을 때까지 녹지 않는다고 십리사탕이라는 별명이 붙은, 짠맛과 미미한 단맛이 어우러진 사탕이었지만, 그 무엇보다도 달콤했다. 입에 딱딱한 사탕을 물고 있는 동안, 그녀의 마음도 서서히 녹아들었다. 이런 게 사랑일까, 망측한 생각이 퍼뜩 떠올랐고, 보는 사람도 없는데 얼굴이 붉어졌다.

어머니의 은근한 지지까지 있고 보니, 김창국이 불가능한 대상으로 보이지는 않았다. 어머니 말마따나, 아버지가 사라진 것 말고는 손가락질 받을 만한 일을 한 기억이 없다. 나라에서 아버지를 반동이라고 하니 그런가 보다. 그래서 죄인이고 차별을 받아도 마땅하다고 수긍하고 살았을 뿐이다. 김창국 역시 외로운 사람 아닌가. 마음이 자꾸만 기울었다. 김창국도 그녀를 바라보는 눈길에 마음이 담겨 있는 것 같았다.

"내 나이가 많아서 염치없고 미안하기는 하지만, 동무가 늘 내 곁에 있었으면 좋겠소."

이게 소위 프러포즈라는 걸까? 농장에 남아 있으라는 말인지 자기 곁에 있으라는 것인지, 애매했지만 분명한 것은 김창국이 그녀에게 의지하고 있다는 점이다. 가족 외에 다른 누군가에게 의지처가 될 수 있다는 가능성이 춘실의 마음을 환하게 밝혀주었다. 쓰레기 인생이 쓸모 있는 인생으로 바뀔 수 있다니! '술 먹은 다음 날 해장국 끓여줬으면 좋겠다'는 소심한 남자의 말에 결혼을 결심했다는 어떤 아가씨의 말을 들은 적이 있다. 화려한 미사여구는 아니라도 그것도 어설픈 사랑 고백이 아닌가. 어쨌든 바위처럼 단단하던 춘실의 마음이 흔들리며 서서히 균열이 가고 있으니, 사랑의 위력은 대단하다.

미세한 금이 생기자, 그 틈 사이로 따뜻한 바람이 솔솔 들어가더니 급기야 태풍처럼 휘몰아치기 시작했다. 얌전하던 강아지가 부뚜막에 먼저 올라간다더니, 꽉 막힌 빗장을 풀자 걷잡을 수 없는 소용돌이가 일어났다.

춘실은 더 부지런 떨며 해가 뜨기도 전에 농장으로 발걸음을 옮겼다. 그날따라 땅을 덮고 있던 차가운 밤기운이 아직 스러지지 않아서 안개가 자욱했다. 대지에 가득한 안개는 그녀를 가려주는 베일 같았다. 미궁으로 향하는 듯했지만, 그녀는 보지 않아도 농장의 모든 장소를 속속들이 알고 있었다.

안개 속에 길을 막는 검은 물체가 있었다. 가까이 다가가니 그는 움직이지 않는 나무처럼 서 있는 김창국이었다.

"동무, 무슨 일로 이렇게 일찍 나왔소?"

나지막한 말에 깜짝 놀란 춘실은 그 자리에 우뚝 섰다.

"아니, 위원장 동지는 무슨 일로 이렇게 일찍 농장에 나오셨어요?"

"나야. 농장 관리자니 그렇다 쳐도, 동무가 이렇게까지 힘 쓸 일은 아니지 않소? 그나저나 조반이나 챙겨 먹었는지?"

그가 다가와 등을 토닥였다. 그의 손이 닿은 등에 전류가 찌르르 흘렀다. 남자의 손이 이렇게 따뜻할 수가 있을까? 옷 위로 닿은 손이 심장을 흔드는 것 같았다. 그 손은 다소곳이 머리 숙인 그녀의 등을 가만히 끌어당겼다. 김창국의 품에 안긴 채 숨이 멎을 듯 잠시의 시간이 흘렀다.

"누가 보겠습니다. 조심하시라요."

춘실은 재빨리 몸을 빼며 낮은 소리로 말했다.

"이 안개 속에서 누가 본단 말이오."

그는 화들짝 놀라 몸을 빼내는 춘실의 손을 살며시 잡았다. 춘실은 손을 뿌리치고 서둘러 멀어져 가며 이게 꿈인가, 생시인가, 안개의 장난인가 싶었다. 천지가 요동하고 발밑의 땅이 흔들리는 것 같았다. 부끄러운 마음 한편에는 자랑스럽고 뿌듯한 감정이 자리 잡았다.

그날부터 둘만의 비밀이 시작되었다. 일부러 눈길을 주지 않아도 서로의 위치를 감지할 수 있었다. 자석에 끌리듯 거리가 좁혀졌다. 가까이 가면 안 된다는 생각을 거듭하면서도 마음은 서로에게 다가가는 발걸음을 막지 못했다. 그렇게 남들의 눈을 피해 새벽에, 저녁 늦게 우연을 가장한 만남이 이어졌다. 전쟁이 끝나지 않은 휴전 상태 백성의 처지라 해도 젊은 남녀에게 싹튼 정념의 불씨는 꺼지지 않았다.

김창국이 나이가 많다는 것, 그가 외로운 처지라는 것이 춘실의 모성애를 자극했는지도 모를 일이다. 춘실은 나중을 생각할 겨를도 없이 외로운 남자에게 자식을 낳아주어야 한다는 의무감으로 미련스럽게 그에게 다가갔다. 업고 다니던 동생은 중학생이 되어 제 앞가림을 할 만하고 어머니도 농장 일을 해서 배급을 받으니, 생계에는 크게 지장이 없었다. 아버지와 헤어진 지도 근 십 년이 지나고 보니 아버지 얼굴조차도 가물가물했다. 과거만 생각하지 않으면 견딜 만한 삶이었다. 이전의 친절했던 사람들, 풍족했던 집안 살림, 큰 집, 철마다 갈아입던 새 옷, 다정했던 친구들을 기억에서 지워버리기만 하면 말이다.

살다 보면 물론 좋은 일만 있는 것은 아니다. 춘실은 자신이 누려야 할 모든 걸 이미 열두 살 이전에 다 누렸다고 생각해본다. 평온했던 동네가 술렁이고, 전쟁의 피바람이 몰아치고, 자위대장을 하다가 치안대장을 하던 아버지가 쪽배를 타고 떠난 날, 집으로 돌아온 어머니는 아버지의 행적을 물을 때마다 어디로 갔는지 모른다는 말만 되풀이했다. 어느 날 자고 일어나보니 없어졌다고. 바람이라도 난 걸까, 무슨 일로 가족을 팽개치고 어디로 사라졌는지 모르겠다고 끌탕을 했다. 무책임한 인간이라고 악담하며 오히려 남편을 찾아달라는 부탁도 잊지 않았다. 당시만 해도 제대로 된 배도 아닌 고무배를 타고도 남으로 내려가는 사람들이 많았다. 그 사람들은 무슨 선견지명이 있었던 걸까.

어쨌든 반동의 딸이 과거를 추억해봐야 조금도 도움이 안 되는 상황이었다. 공산주의고 민주주의고 그것이 중요하지 않았다. 그녀는 먹고살기 위해 생활주의자가 되기로 했다. 그렇게 생각하니 견딜 만했다. 정기적인 식량 배급은 물론이고, 때맞춰 신발도 주고, 양말도 두 켤레씩 배급해주었다. 가끔 기름도 주고 명절이나 수령님 생일에는 술병도 나눠주고 고기도 받은 적이 있다. 또 모범 경작생으로 뽑히면 상을 받고 특별 선물로 옷도 주고 구두도 준다. 미래에 대해 아무것도 생각하지 않고 그 무엇도 기대하지 않으면 견딜 만한 생활이었다. 토대가 나쁜 반동의 딸에게 다가온 농장 관리위원장 동무를 내쳐야 할 아무런 이유가 없었다. 어머니는 노처녀를 면할 좋은 기회라고 오히려 등을 떠밀었다.

그들은 그렇게 동리 사람들의 말 없는 동의하에 관계를 이어갔다. 춘실은 열심히 농장 일을 하고, 남녀가 함께한 열매로 배가 불러왔다. 혼례도 치르지 않은 처녀가 임신하니 체면이 말이 아니었지만 이미 반동분자의 딸이라는 딱지가 붙어 있었기에 더 이상 나빠질 것이 없었다.

비록 혼례를 치르지는 못했지만, 주변 사람들은 춘실을 농장 관리위원장의 부인으로 인정하는 분위기였다. 부인이라기보다 '동거녀'라는 표현이 더 정확할 수 있겠다. 외로운 처지였던 그도 살림해주는 안사람이 있어서인지 얼굴에 화색이 돌았고, 춘실 역시 토대가 나쁘다는 딱지에서 잠시 해방된 것 같았다. 하지만 봉천에서의 삶은 또 하나의 거대한 감옥이었다. 창살 없는 감옥이라는 말 그대로, 갇힌 삶이었다.

영국 스코틀랜드 에든버러 시내 한복판에는 창살만 있고 지붕이 없는 감옥의 유적이 있다. 큰 공원 안에 자리 잡은 그 감옥은 이웃 방과는 벽으로 구분되고 앞면은 창살로만 이루어져서 서로 마주 보는 모양새다. 그런데 특이한 것은 지붕이 없다. 지붕이 없으니, 비가 오면 비에 젖고 바람이 불면 몸으로 바람을 안아야 한다. 추운 겨울이 오면 얼어 죽을 수밖에 없는 감옥이다. 지붕만 없는 것이 아니라 감시자도 없어서 창살을 넘어 도망가도 무방하게 되어 있다. 복도를 중심으로 서로 마주 보며 늘어선 긴 감옥은 일반 감옥과 다를 것이 없고 창살 문에 자물쇠가 채워져 있지만 지키는 사람이 없다. 아침이면 딱딱한 빵 한 덩어리와 물을 넣어주고 돌아가는 간수는 감방에 있는 사람들의 수를 파악하지 않는다. 밤사이에 도망가도 모른 척하는 것인지 밖에서 잡아내는 것인지 알 수 없지만 공원을 벗어나면 바로 시가지여서 어느 곳이든 숨어들기도 쉽게 되어 있다.

어쩌다 사형 집행이 있는 날에는 몇몇 감방의 문이 열리고 죄수들이 쇠사슬에 묶여 긴 복도를 한 바퀴 돌고 공원 안의 오솔길을 따라 시내의 광장까지 행진한다. 그들의 발에 채워진 쇠사슬이 부딪치는 소리, 철걱거리는 발걸음 소리는 물론이고 사형 집행을 구경하기 위해 모인 사람들의 웅성거림, 때로는 환호성이 감방에 남은 죄수들의 귓가에 와서 맴돈다. 어린이, 젊은이, 부녀자, 노인까지 다양한 연령대의 죄수들은 그저 망연하게 사형수의 행렬을 바라보기만 할 뿐이다. 그리 높지도 않은, 보통 사람 키 높이의 담장을 넘기만 하면 이 모든 고통에서 해방될 수 있건만, 그 벽을 넘는 것은 바로 배교를 의미했으므로 그들은 묵묵히 순교의 길을 갔던 것이다. 메리 여왕의 탄압을 묵묵히 죽음으로 맞선 그들은 하루에도 얼마나 많은 유혹을 받았을까. 저 창살을 넘어가고 싶은, 저 벽을 넘고 싶은, 수많은 이유와 핑계를 만들 수 있었을 것이다.

그러나 봉천에는 벽도 창살도 없었지만, 넘을 수 없는 계급이 있었다. 산과 들과 하늘이 있고 비바람을 막아주는 집도 있었지만, 남쪽으로는 휴전선이라는 벽 아닌 벽, 철벽이 있었다. 아니, 있다는 소문만 들었다. 휴전선 가까이에는 접근조차 허락되지 않았다. 하지만 보지 못했다고 없는 것은 아니다. 그리고 동쪽과 서쪽으로는 완강한 산줄기가 그 지방을 봉쇄하고 있었다. 오로지 북쪽으로 향하는 한 가지 길만 열려 있었다. 그 길로 계속 가면 평양이 나온다고 했다. 수령님과 높은 사람들이 사는 곳. 이곳 봉천에 사는 촌 무지렁이와 토대가 좋지 않은 사람은 언감생심 높은 사람들이 사는 평양은 꿈도 꿀 수 없었다. 차라리 낙엽이라면 예성강을 따라 봉천을 지나 배천을 통과해서 강화만으로 흘러갈 수 있을 것이다. 제 맘대로 날아가는 새도 부럽고, 종이배를 탈 수 있는 개미가 되고 싶을 때도 있었다.

남들의 눈을 가릴 수 없을 정도로 배가 불러왔을 때, 리당위원장 비서가 농장 관리위원장을 호출했다.

"동무가 장춘실하고 동거한다는 소문이 사실이오? 장춘실이 일도 잘하고 충성심이 남달라서 여태 모르는 척했는데, 이렇게 일을 키우면 대체 어쩌자는 말이오? 그 여자와 헤어지지 않으면 여기서 관리위원장 못합니다. 알고 있습니까?"

"……"

"내가 춘실 동무를 농장에 붙잡아두라고 했지, 같이 살림을 차리라고 했습니까?"

"그래도 춘실 동무는 모범 경작인 아닙니까?"

"참 답답한 소리를 하시네. 월남자 딸과 결혼하면 간부직을 그만두어야 하는 걸 모르고 있었습니까? 게다가 결혼도 하지 않고 임신했으니, 당신은 공화국의 윤리와 도덕의 법도를 어그러지게 한 장본인이라는 걸 명심하시오."

"그럼, 어떡하면 되겠소?"

"우선 생활총화 시간에 자아비판을 하고, 그다음에 도덕적 책임을 져야 하오. 그래야 나라의 기강이 바르게 설 것 아니오."

결국 김창국은 자아비판과 더불어 도덕적 책임을 지고 관리위원장에서 물러났다. 정확히 말하면, 해임되었다.

그러는 동안 갑자기 진통이 찾아왔다. 처음에 살살 진통이 올 때는 심호흡하며 견디다 보면 어느 순간 거짓말처럼 가라앉았다. 진통은 오다가 쉬다가를 반복하며 그 주기가 점점 빨라지고 강해졌다. 식은땀이 흐르고 온몸이 긴장되었다. 춘실은 배를 끌어안은 채 기다시피 해서 어머니의 집까지 간신히 도착할 수 있었다. 연락을 받은 어머니는 아궁이에 불을 지펴 물을 끓이느라 분주했고 이웃 동리의 산파가 헐레벌떡 뛰어왔다.

"걱정하지 말고 힘을 줘."

산파의 외침에 따라 있는 힘을 짜내어 정신이 까무룩 흐려질 때 아기 울음소리가 들렸다. 그렇게 큰딸 현숙을 얻었다. 딸이라는 말에 해산의 고통 중에도 섭섭한 눈물이 흘렀다. 무사히 해산해서 감사한 눈물이 아니었다. 김창국에게 그를 쏘

옥 빼닮은 아들을 낳아주고 싶었는데, 딸이라니. 누가 뭐라 하지 않았는데도 공연히 섭섭해서 눈물이 흘렀다.

김창국도 출산 소식을 듣고 집으로 달려왔다. 집이라야 움막을 겨우 면한 초라한 곳이었다. 그는 핏덩이 딸과 춘실을 번갈아 보더니 춘실의 손을 꼭 잡았다. 하지만 그녀 때문에 직장을 잃게 되었기 때문에, 춘실은 그를 쳐다볼 면목이 없었다.

"몸을 추스른 후에 함께 내 고향으로 갑시다. 거기는 그래도 일가친척이 있으니, 여기보단 좀 나을 거요."

춘실은 말없이 눈을 감았다.

"어머니가 걱정된다면 동생과 어머니 모두 함께 갑시다. 열심히 일하면 어떻게든 살게 될 것이니."

김창국은 어머니까지 모시고 갈 모양이었나 보다. 춘실의 눈에서 눈물이 뺨을 타고 귀까지 길게 이어졌다.

"말씀만으로도 고맙습니다. 그러나 거기 간들 무에 달라질 것이 있겠어요? '월남자 딸'이라는 꼬리표가 언제나 붙어 다닐 텐데요. 나 때문에 직장까지 잃어버리고 떠나야 하니 미안하고 죄송합니다. 애초에 시작을 말았어야 했는데, 제가 주제를 모르고 덤비다가 위원장님의 인생을 망쳐놓았습니다."

반동의 딸에게 사랑은 사치였다.

"그건 춘실 동무의 잘못이 아니지 않소? 같이 갑시다."

"생각해볼게요."

말은 그렇게 했지만 이미 많은 생각을 하고 마음을 정한 후였다. 자신은 김창국에게 짐이 될 뿐이라는 사실을 알고 있었다. 더 이상 그의 앞길을 막는 짓을 해선 안 된다. 그녀의 결심은 확고했다.

"아니, 당연한 일을 생각할 게 뭐가 있소?"

"이게 제 운명인가 봐요. 운명을 벗어날 수 없다면 받아들여야죠. 이왕 손가락질 받고 살 바엔 서로 다 아는 이곳에서 살렵니다. 살던 곳에 그냥 사는 게 낫겠습니다. 걱정하지 말고 잘 가세요."

완강한 마음을 돌릴 수 없었던 그는 춘실과 딸을 남겨놓고 혼자 떠났다. 만일 아들이었다면 김창국에게 아이를 보냈을지도 모른다. 그러나 어차피 대를 이으려면 그는 새 가정을 꾸려야 하고, 딸은 그에게 걸림돌이 될 거라는 생각에서 춘실은 딸과 함께 주저앉았다. 다행히 농장에서 계속 일할 수 있도록 허락해주어서 어린 딸과 어머니, 그렇게 셋이 같이 지낼 수 있었다. 한바탕 소용돌이가 지나가자 다시 평온이 찾아왔다. 그동안의 일이 꿈속에서 일어났던가 싶었지만, 하루가 다르게 쑥쑥 자라는 딸을 보면 과연 꿈은 아니었다.

그렇게 춘실은 방년 20세에 엄마가 되고, 미혼모 가장이 되었다. 그가 떠난 자리에 새로운 농장 관리위원장이 왔고 세월은 어김없이 흘러갔다. 김창국이 한두 번 편지를 보냈는데 답장하지 않자, 그마저도 끊어져버렸다. 춘실은 더욱 철저한 생활주의자가 되었다. 부양해야 할 가족이 하나 더 늘었고 반동의 딸에다 미혼모라는 딱지까지 붙었으니 다른 가능성은 아예 기대할 수 없었다. 그녀에게는 감옥 같은 산골이 오히려 마음 편하게 여겨졌다.

그렇게 삼 년이 지났다. 탄탄했던 얼굴이 햇볕에 그을려 꺼칠해지고 손가락은 온통 마디져 있었다. 억척스럽게 일을 한 덕에 농장에서 그녀의 지위는 확고했다. 일에 몰두하다 보니 첫사랑의 아픔도 희미해졌다. 상처 위로 시간이 겹겹으로 쌓여 방어막을 만들어주었다. 세월의 치유력이 새삼 놀라웠다. 세상에 죽고 못 살 것 같은 일도 시간이 지나면 자연스럽게 둔감해지는 법이다. 잊었는가 싶으면 이따금 튀어나와 가시처럼 콕콕 찔러대긴 하지만, 견딜 만했다. 어른들 말처럼, 살면 다 살아진다.

남자라고는 다시 생각도 하기 싫었다. 김창국은 어디서 무엇을 하며 살고 있을까. 그를 위해서라면 춘실 모녀가 그의 인생에서 사라지는 게, 백번 생각해도 옳았다. 생각은 그렇게 하면서도 왠지 마음 한구석이 허전하고 슬며시 야속한 마음도 들었다. 그래도 한 번쯤 찾아줄 것을 기대한 자신이 어리석다고 스스로 책할 뿐이었다. 하지만 그를 통해 딸을 얻었으니 감사해야 할 것인가. 부정적인 환경일수록 긍정적인 마음을 가져야 살아갈 힘이 생기는 법이다. 그녀는 모든 일에서 아무리 작더라도 좋은 쪽의 꼬투리를 찾으려 애썼다.

'그 남자가 아니었다면 이렇게 예쁜 딸의 엄마가 될 수 없었겠지.'

귀엽고 순진한 아기를 가만히 바라보는 것만으로도 마음이 평안해졌다. 배냇짓으로 방실대던 아기가 옹알이하고, 눈을 맞추면 소리 내서 까르륵 웃었다.

"너는 네 아버지가 어디서 어떻게 사는지 알고 있지?"

아기에게 말을 걸어본다. 아직 천문이 닫히지 않은 아기는 세상 이치를 훤히 안다고 할머니가 말했던 기억이 났다. 정말로 너는 하늘의 진리를 다 알고 있니? 부질없이 아기에게 말을 걸고, 아기를 안고 흔들면 아기는 다 안다는 듯이 까르륵 웃는다. 어느 날부터 아기는 뒤집고, 방바닥을 기어다니다 마침내 걷기 시작했다. 시간이 흐르자 가르치지 않았는데도 간단한 말을 곧잘 할뿐더러 생각하지 못한 단어들을 사용해서 그녀를 깜짝 놀라게 했다.

아이가 자랄수록 호적이 없다는 게 마음에 걸렸다. 김창국은 떠났고 그와 정식으로 혼인신고를 하지 않았기에 딸 현숙은 아직 무호적자였다.

"혼자서 애 끓이지 말고 결혼을 해라."

이웃 배천군에 맞춤한 남자가 있다고 누군가 어머니에게 중매를 넣은 모양이다.

"가뜩이나 데려갈 사람이 없는 데다, 애까지 딸려서 이젠 결혼하기 틀렸어요."

"그렇다고 아이를 호적도 없이 그냥 유령처럼 둘 거야? 적당한 남자 만나서 호적에 올려야지."

"그런 적당한 남자가 어디 있대요?"

딸을 생각하면 그것도 하나의 방법이었다. 먹고사는 것은 어디를 가나 자신이 있었다. 열심히 일하면 먹을 것은 해결할 수 있다는 확신도 있었다.

"나이가 좀 많다만…… 홀아비가 있다고 하더라. 많이 배운 사람이래. 옹진군 인민병원 내과 과장을 했다고 하던데……"

"의사래요? 그렇게 조건이 좋으면 나이가 들어도 좋은 혼처를 구할 수 있을 텐데, 왜 나를? 사별했대요?"

"그게 사연이 좀 복잡한가 보더라. 지주의 아들로 서울에서 유학했나 봐. 봉산군 나무리벌 사람이래. 그런데 그 사람이 지주 아들인 걸 속이고 소금 장사를 하면서 고학했다고 당에 거짓 보고를 했대. 서울에서 전문학교를 나왔다고 하는데 그 학교가 하필이면 예수 믿는 학교였단다. 어쨌든 의사가 되었으니, 병원에서 일했겠지. 그래서 배천군 협동농장 최고위원회의 대의원 댁 처녀하고 결혼해서 아들까지 낳았는데, 그만 출신성분이 들통나버렸다네."

"지주의 아들이라서 이혼당했대요?"

"그것 하나만 해도 큰 죄인데, 전쟁 때 군에 안 가려고 숨어 다녔대. 군 기피자지. 그러니 당에서 곱게 보겠어? 거짓으로 문건 위조를 한데다 군대도 안 갔으니, 의사고 뭐고 소용없는 일이지. 여자 쪽에서 먼저 이혼하자고 했다던데?"

"그렇다고 애도 있는데 그렇게 쉽게 이혼을 하나? 웬만하면 그냥 살지."

"말이야 바른말로, 너도 김 서방 따라가서 살아도 되었지. 꼭 이렇게 혼자 남아야 했니?"

"제 경우는 좀 다르죠. 나 때문에 현숙 애비가 농장 위원장에서 물러났는데, 나랑 결혼하면 앞으로 직장도 못 구하고 장래가 꽉 막히는 거잖아요. 그러니 내가 물러나야지. 그렇게 피해를 주면서까지 어떻게 같이 살아요?"

"그 집도 마찬가지야. 지주 아들에 군 기피자, 그것도 모자라 남조선에서 유학했잖아. 고울 리가 없지. 그러니 헤어진 거지."

"거기다 신분 세탁까지 하려고 문건 위조를 했으니 사기 결혼이네요."

"따지자면 그런 셈이지. 지금은 다 밝혀졌으니, 너한테 사기 치는 건 아니야."

토대가 나쁘기는 서로 피장파장이고 아이가 하나씩 딸린 것도 균형이 맞았다. 단지 남자 쪽이 나이가 열세 살이나 더 많은 것이 걸리기는 했다. 이제 겨우 스물네 살 미혼모가 서른일곱 살 홀아비와 결혼하는 것이 과연 옳은 일인가? 물론 남들이 보기에는 짝이 꼭 맞다, 피차 흠이 있으니, 서로를 탓할 것 없다고 할 수 있었다. 여러 생각이 오락가락했지만, 여자 혼자 아이를 키우며 산다는 것은 당시의 정서가 용납할 수 없는 일이었다.

"애야, 지금이라도 재출발해라. 나중에 더 나이 먹으면 그마저도 갈 데가 없다."

어머니가 근심스럽게 그녀를 바라보았다. 그 눈길이 애처로워서 매정하게 뿌리칠 수 없을 지경이었다.

"나는 국민학교도 제대로 못 다녔는데, 전문대학 나왔다고 무시하고 깔보면 어떻게 해요?"

"여자들이 글 읽고 셈할 줄 알면 됐지, 얼마나 더 공부하니? 그리고 무식한 놈보다는 그래도 머리에 먹물이 든 인간이 어느 구석이라도 더 낫지 않겠어? 진짜인지는 모르지만, 내과 과장까지 했다니까 무슨 재주가 있겠지."

"그래도 좀 더 생각해볼게요."

"생각을 자꾸 해봤자 거기서 거기다. 너나 나나 복이 있었으면 이런 시절을 만났을 것이며, 네 아버지가 그렇게 행방불명이 되었겠니? 그것도 단순 행방불명이 아니고 월남했다고 우리가 이렇게 된 거잖아. 하느님이 다른 세상을 내려주지 않는 한, 우리는 여기서 벗어날 수 없을 것 같다. 그래도 집에는 가장이 있어야 든든한 울타리가 된다. 지금은 젊어서 혼자 살 수 있을 것 같아도 남자가 있어야 남들이 쉽게 넘겨보질 않아."

"알았어요. 지금보다 더 나빠지려고 해도 나빠질 수도 없을 테니……"

그녀도 지쳐가고 있었다. 혹시 지친 몸을 잠시라도 의탁할 곳이 있다면 다행이고, 아니면 말고. 그렇게 생각하니 고민할 것도 없었다. 두 사람은 피차 이성에 대한 끌림이나 감정이 있어서 결혼하는 것이 아니라 마지막 선택이라서 같이 살기로 합의한 것이다. 그렇게 춘실은 그 남자에게 시집가기로 했다. 한 가지 좋은 점이 있다면 어머니가 사는 곳과 그다지 멀리 떨어지지 않았다는 것이다.

6장
너는 쌀밥 팔자!

 말이 시집이었다. 깡통만 안 찼을 뿐이지, 거렁뱅이 살림이나 마찬가지였다. 그동안 가난뱅이를 수없이 많이 봤지만, 이 불도 없는 가난은 처음 경험하는 일이었다. 시집을 오라고 해 놓고 이불 하나도 마련하지 않은데다, 부뚜막까지 냉랭한 것이 온 집 안에 한기가 돌았다. 공연한 짓을 했나, 후회도 되었지만, 팔자에 갈 데가 여기밖에 없구나, 체념이 앞섰다. 당분간 어린 딸을 어머니에게 맡겨놓고 오기를 잘했다는 생각이 들었다. 다른 것은 몰라도 집구석에 쌀은 있어야 할 것 아닌가.
 부엌에 들어가 보니 성냥이 딱 두 개비 남아 있었다. 그 성냥마저 떨어지면 필요할 때 불도 피울 수 없을 것이다. 한숨이 절로 나왔다. 발걸음을 돌려 집으로 가버릴까, 그런 생각을 하며 내내 서 있었다. 하지만 어머니의 걱정스러운 얼굴과 동네 사람들의 웃음거리가 될 것을 생각하니 차마 발걸음이 떨어지지 않았다. 오도 가도 못하는 신세가 바로 이런 것이구나 싶었다.

첫날밤을 치를 정신도 없이 집 안 소제부터 해야 했다. 물을 길어다 먼지를 닦아내고 땔감을 그러모아 밥을 안쳤다. 그나마 혼사라고 농장에서 특별히 준 배급을 설마 하고 가져온 것이다. 기가 막혔다. 부엌을 비롯해 어느 곳에서도 쌀을 찾아볼 수 없었다. 장독대에 있는 항아리 몇 개를 다 열어봐도 텅 비어 있었다. 오죽 변변치 못하면 전처가 아들을 데리고 갔을까, 한숨이 절로 나왔다.

한때 의사였다는 사람이 양정사업소에서 쌀 가공업을 하고 있으니, 하는 일에 의욕이 없을 만도 하다. 그래도 쌀을 다루는 사람의 집에 쌀이 없다는 걸 이해할 수 없었다. 집 안 꼴을 보니 사람에 대한 예의 자체가 없는 사람이었다. 쌀 가공업을 하면 다른 것은 몰라도 쌀은 있어야 할 것 아닌가. 시집가면 밥 굶을 걱정은 없을 거라고 어머니와 중매쟁이가 그녀를 밀어대지 않았나. 남의 밥을 얻어먹고 살 팔자가 아니구나, 한숨이 나왔다. 그렇다면 스스로 운명을 개척하는 수밖에.

밥을 지으려고 불을 때는데 연기가 고스란히 아궁이 밖으로 나와서 눈이 매웠다. 울고 싶은데 뺨 때려준다는 식으로 밥을 지을 때마다 아궁이 앞에서 눈물을 쏟아야 했다. 추운 겨울에도 밥을 지을 동안은 연기 때문에 눈을 제대로 뜰 수 없어서 부엌문을 열어놓아야 했다. 방 또한 변변할 리 없었다. 방풍이 되지 않아서 밤에 누우면 바람에 문풍지 우는 소리가 귀를 떨게 했다. 부엌에 둔 물독의 물은 꽁꽁 얼었고 방 윗목에 놓아둔 자리끼도 손에 쩍쩍 달라붙도록 얼음이 어는 날이 많았다.

그녀는 새로운 농장에서 인정받기 위해 혁명적으로 일했다. 협동농장에서는 가을에 계획량만큼 식량을 국가에 내고 그 나머지를 가지고 분배하는데, 그 식량으로 한 해를 견디기에는 역부족이었다. 한 달분이라고 배급을 주는 양이 어떤 때는 25일분의 식량이었으나 갈수록 줄어들어 보름치의 식량을 삼기도 어려울 지경으로 줄었다. 아끼고 줄여 먹으니 늘 배가 고프고 허기졌다. 그래서 무를 썰어 밑에 깔고 밥을 안치든지, 들판에서 구할 수 있는 푸성귀나 뿌리 곡식으로 보충해야 간신히 끼니를 때울 수 있었다. 그래도 부지런하기만 하면 살 수는 있었다. 식량은 물론이고 간장, 된장, 과일, 작업복, 신발 등 기초 살림은 국가에서 지원했고, 이따금 명절이나 수령님 생일에는 고기와 술을 배급할 때도 있었다. 참기름 한 병을 얻는 날에는 약처럼 한 방울씩 아껴 먹었다.

성냥 한 개비라도 아끼려고 지독한 노랑이 소리를 들으면서 이웃집 아궁이에서 불을 붙여왔다. 꼭 필요할 때가 아니면 등도 켜지 않았고 황토 진흙을 캐다가 반죽해서 부뚜막이며 터진 담을 보강했다. 아침부터 저녁까지는 농장에 나가 일하고 퇴근 후에는 개인 북데기 일구는 밭에 가서 김을 맸다. 달빛이 없는 어둠 속에서도 그렇게 악착을 떠니 시간이 흐르자 허름하지만 그래도 집의 모양도 나오고 식량도 조금 비축되었다.

살가운 정은 없었지만, 남녀가 한방에서 살다 보니 그래도 부부라고 아이가 생겼다. 큰아들 창수를 낳으니, 면목이 섰다. 아무리 세상이 험해도 대를 이을 아들이 있어야 하지 않겠나. 전실 아들은 전처가 데리고 가서 실상 영감과 아무런 연락이 없었다. 그럭저럭 살림은 조금씩 안정되어갔다. 아들 창수를 얻고 이어서 딸 현정이가 생기고 막내아들 동수까지 삼 남매가 오글오글 귀여운 강아지 같았다. 큰딸 현숙은 영감의 호적에 올려놓았지만, 친정어머니와 같이 지내는 날이 더 많았고 거의 어머니 집에서 자라다시피 했다. 어머니도 적적하지 않아서 좋았고 춘실 입장에서는 입 하나라도 덜어서 부담이 줄었다.

그런데 아이들이 커가니 먹일 것도 부족하고 입힐 것도 부족했다. 배급 상황은 점점 더 나빠지고 있었다. 큰아들이라고 해서 특별한 것은 없었지만 그래도 성의를 다해서 입히고 먹이려고 애썼다. 새벽별 보기 운동, 천리마 운동을 했어도 경제 상황은 좀처럼 나아지지 않았다. 당원이 아니면 어떤 혜택도 받을 수 없었고 아무리 열심히 일해도 토대가 나쁜 사람은 당원이 될 수 없었다. 그래서 어린 자식들의 작은 배조차 채워줄 수 없었다. 막내아들은 겨우 중요한 데만 가릴 정도로, 옷이라고 할 수 없는 누더기를 입고 살았다.

그래서 생각한 것이 장사였다. 70년대 말, 정확히 말하면 1978년이었다. 당시에는 장사하는 것이 법에 어긋나는 일, 즉 불법이었다. 1976년에 일어난 판문점 도끼 사건은 휴전선 근처에 사는 사람들에게는 무척 충격적인 일이었다. 자세한 내막은 알 수 없었지만, 전쟁이 날지도 모른다는 흉흉한 소문이 돌았다. 그 사건 이후에 봉천과 그 근방에서는 다시 한번 대대적인 교방이 이루어졌다. 위기가 닥칠 때 남한 편에 가담할 가능성이 있는 불순 성분 인물들을 전부 함경도 쪽으로 내보낸다는 거였다. 그곳은 가장 척박하고 살아남기 힘든 곳이다. 가장 밉보이는 사람을 그쪽으로 교방한다는 소문이었다. 누가 뽑혀 나갈지 불안감이 온 동리를 휘돌았다. 춘실은 충성스럽게 일을 한 덕분에 교방은 면했다. 하지만 위험인물로 분류된 남동생은 황해북도 봉산으로 강제로 이주당했다. 그나마 더 북쪽으로 가지 않은 게 다행이었다. 그런 상황인지라 만일 장사하다가 걸리면 자아비판 무대에 서야 했고, 북쪽으로 쫓겨날 운명이었다. 불법적인 일을 한다는 사실만으로도 가슴에 폭탄을 안고 사는 것처럼 불안하고 두려웠다.

하지만 아무리 열심히 일해도 배급이 원활하지 못했다. 불확실한 배급에만 기대고 있다가 굶어 죽을지도 모르는 일이다. 그러니 할 수 없이 다른 살길을 찾아야 했다. 가족들이 굶다시피 하니 이판사판 목숨을 걸고 내린 결단이었다. 마침 암암리에 장사하는 여자가 있었는데 그녀는 평양이나 중국을 통해 물건을 들여온다고 했다. 춘실은 그동안 끼니를 걸러 가며 아끼고 아껴서 만든 생명줄 같은 자금을 밑돈으로 삼아 해주까지 그녀를 찾아갔다. 그 여자에게 물건을 떼다가 물물교환 형식으로 암암리에 장사를 해보기로 용기를 낸 것이다. 직장마다 제대로 배급을 줄 수 있는 형편이 못되었다. 마찬가지로 농장에서도 배급을 못하면서 사람들을 강제할 면목이 없어서인지 설렁설렁 시간을 보내도 눈감아주었다. 춘실도 농장에 눈도장을 찍어놓고는 시간을 쪼개서 사탕, 과자, 양말, 속옷 등등 부피가 작은 것들 위주로 물건을 구해 왔다. 장사라고 해도 가게를 내는 것도 아니고 여러 가지 잡다한 물건들을 가지고 시골 마을을 돌며 낟알이나 옥수숫가루 같은 식량으로 교환해서, 그것을 다시 돈으로 바꾸는 방식이었다.

어디나 그렇지만 어려운 와중에도 당 간부나 고위직처럼 잘사는 집들이 상당히 있었다. 그들에게 밤에 몰래 사탕을 가져다주고 양말이나 속옷을 구해다 주었다. 남보다 이윤을 덜 남기고 그들에게 필요한 것을 은밀하게 가져다주는 일이었다. 나중에는 담배 장사도 했는데 보위부에서 검열이 오면 목록을 다 보여주어야 했다. 물론 담배 한 갑쯤 뇌물로 바쳐야 하는 것은 당연한 일이다. 이윤을 조금 남기는 대신 부지런히 돌아다녔다. 불법 장사인 만큼 힘 있는 사람들에게 층층이 뇌물을 고여야 했다. 그래야 혹시라도 위험한 상황에서 벗어날 가능성이 있으니까.

보위부에도 최대한 성의를 보여야 무사히 지낼 수 있었다. 그렇게 발바닥에 불이 나게 돌아다녀도 살림은 늘 서글펐다. 어느 정도 돈을 버는가 싶으면 식구들이 그만큼 먹어버렸고, 늘 뇌물을 바쳐야 했기에 돈이 모이질 않았다. 그래도 장사를 오래 하다 보니 주문품도 들어오고 단골이 생겨서 시간이 흐를수록 훨씬 수월했다. 그렇게 근 이십 년 동안 장사를 하니 북한 돈으로 이천오백만 원 정도를 모을 수 있었다. 순전히 뼈를 깎아 모은 돈이었다. 피 같은 돈을 물건 해다 준다며 가져다가 사기를 친 인간도 있었지만, 대놓고 고발할 엄두를 낼 수도 없었다.

가장 큰 문제는 영감이었다. 그녀는 남편이 아니라 영감이라고 부른다. 그리고 자신은 팔려 온 몸종이라고 스스로 자책하고 있었다. 영감은 제정신일 때는 본 체도 안 하다가 술이라도 들어가는 날엔 술주정을 예사로 했다. 그러다 심해지면 쌍욕을 해댔다. 전문대학을 나온 의사였다는 게 믿을 수 없을 정도로 근본이 몰상식한 인간이었다. 이년, 저년은 아주 양호한 호칭이었다.

"야, 쌍것아! 오갈 데 없는 너를 불쌍해서 데려왔는데 왜 내 말을 안 들어? 맞아봐야 정신을 차릴 거야?"

손찌검도 예사로 했다. 그녀는 욕을 하면 듣고 때리면 맞았다. 애초부터 꼬인 운명이 어디까지 꼬이나 보자, 오기까지 생겼다. 그래도 큰딸 현숙일 호적에 올릴 수 있어서 다행이었다. 그렇게 생각하면 고마운 인간이다. 지주 아들로 태어난 죄, 서울로 가서 공부한 죄, 죄 아닌 것이 죄가 되는 세상에 살다 보니 울화가 쌓이고 성격이 나빠졌겠지. 나가서 화를 풀 데가 없으니 만만한 집안 식구들에게 짜증이나 부리는 옹졸한 인간이 되었을 테지. 그녀는 영감의 큰아들, 아니 자기의 큰아들 창수를 훌륭하게 잘 키워보리라 결심했다. 창수 밑으로 둘째 딸 현정이와 막내아들 동수가 태어났는데, 춘실은 그 아이들이 영감의 성만 따랐을 뿐이지 오로지 자기의 자식이라고 생각한다. 애비라고 해도 자식들에게 손톱만큼도 기여한 것이 없으니 남이라고 생각해야 서운한 마음이 덜할 것 같아서다. 그래도 아이들이 자라면서 영감의 욕설도 많이 줄어들었다. 그도 그럴 것이 영감은 양정사업소에서도 좌천되어 완전히 인생 낙오자가 되어 있었다. 그래서 모든 살림을 춘실이 도맡아 책임지는 상황이었다.

서러운 인생을 대물림한 것은 큰딸 현숙이었다. 의붓아버지의 욕설을 피해 거의 외할머니 손에서 자라다시피 한 현숙은 가난과 빈약한 토대 때문에 같은 처지의 산림보호원과 결혼했다. 하지만 1990년대 중반부터 나라의 곳간이 텅텅 비어 급기야 식량 배급이 끊겨버렸다. 큰딸 부부는 숯을 구워 팔아 하루 식량을 간신히 해결하곤 했다. 그나마 사위가 산림보호원이라서 가능한 일이었다.

북한에서도 화전민은 최하위 계층에 속한다. '고난의 행군' 이후부터 산속에 들어가 움막을 치고 농사를 지어 먹고사는 화전민들이 생겨나기 시작했다. 그때까지 화전민은 역사 속에 흔적만 있었고 실제로 북한 체제에는 존재하지 않던 직업이었다. 먹고살 게 없으니, 화전을 일구는 화전민이 자연스럽게 등장한 것이다. 숯 장사해서 먹고사는 일도 막막하지만, 정처가 없이 떠돌아야 하는 신세였다. 춘실은 자신 때문에 자녀들이 겪게 될 불이익을 생각하면 가슴이 미어졌다. 제대로 대접을 받으려면 적어도 3대가 충성을 인정받아야 한다. 그러면 잘해야 손자 대나 되어야 당원이 될 수 있을 것이다. 한숨이 절로 나왔다.

다행인지 불행인지 큰아들 창수는 남달리 영특했다. 영감이 높은 교육을 받았다는 말이 사실인 것 같았다. 부모의 토대는 좋지 않았지만, 머리는 좋게 물려받은 것 같았다. 창수는 학교에서 하는 이런저런 대회에 나가면 상을 휩쓸었다. 학교 대표로 군 대회는 물론이고 도 경연대회에서도 상을 놓치지 않았다. 모든 과목의 성적이 월등하게 우수했다. 토대만 좋았다면 국가 인재로 발탁될 만한 아이였다.

하지만 창수는 대학 진학 앞에서 꿈이 좌절되었다. 토대가 나쁘면 4년제 대학에 갈 수 없었다. 성적으로만 보면 김일성대학에도 갈 수 있는 실력이었지만 창수에게 허락된 것은 2년제 전문대학이었다. 창수는 수학과 과학을 잘해서 이과대학에 진학하기를 원했지만 그럴 수 없었다. 그나마 군대를 먼저 다녀와야 했다. 18세에 군대에 자원입대해서 십 년간 군 생활을 하고 제대한 후에야 비로소 대학에 갈 수 있었다. 징집이 아니고 자원입대라고는 하지만, 일반인들은 군대에 갔다 오지 않으면, 직장은 물론 모든 면에서 사람 구실을 할 수 없었다. 대학생들이 나이 들어 보이는 이유다.

문제는 군대였다. 십 년이라는 긴 복무 기간에도 불구하고 특별한 사람을 제외하고는 모두 간절히 군대에 가기를 소망했다. 제대군인이 되어야 당원이 될 가능성이 있고, 당원이 되어야 그다음 길이 열릴 터였다. 그런데 창수에게 설마 했던 입대의 길이 막혀버렸다. 피가 나쁘다는 거다. 외가, 친가 모두 '나쁜 피'를 가진 반동의 씨였기에 공화국에 전혀 도움이 안 된다고 했다. 춘실의 눈앞이 캄캄했다. 내 아들이 군대에 갈 수 없다니? 나쁜 굴레에서 벗어나려고 얼마나 충성을 바쳤는데, 배신감까지 들었다.

"창수야, 엄마가 못나서 너를 이렇게 만드는구나."

하늘이 무너지는 것 같았다. 그렇게 끈질기게 사람을 차별하는 공화국에 대한 원망이 솟아올랐다. 죽을죄를 지은 죄인에게도 갱생의 길을 열어주어야 하는데, 얼마나 큰 죄를 지었기에 자식의 자식까지 괴롭히는가? 어떻게든 창수에게 이 나쁜 토대를 대물림해서는 안 되었다. 그녀는 이십 년간 장사하면서 닦아놓은 인간관계의 망을 총동원하고, 모아두었던 돈을 다 쓰다시피 해서 창수가 2년제 기술학교에 입학할 수 있는 자격을 얻어내는 데 성공했다. 군대는 입대가 거부된 이상, 포기하는 것이 낫다는 충고를 들었다.

"창수야, 군대는 못 가도 2년제 전문학교라도 가는 편이 낫지 않겠나?"

결국 창수도 2년제 전문학교에 가는 걸로 결론을 지었다. 다른 방도가 없었기 때문에, 일단 전문학교를 졸업한 후 다음 기회를 보자는 심산이었다. 창수는 전기과에 입학했는데 수월하게 전기기사 자격증을 따고 졸업했다.

그래도 기술자가 된 덕분에 전기회사에 입사하는 것까지는 어렵지 않게 허용되었다. 창수는 타고난 좋은 머리에다 근면 성실했고 전기에 관련된 거의 모든 분야를 알고 있었다. 배전과 송전, 그리고 여러 가지 다른 일에 절대적으로 필요한 존재였다. 전기 때문에 문제가 생길 때면 어김없이 창수가 불려 갔고, 중요한 회의에도 참석했다. 그런데도 진급이 어려웠다. 창수보다 나중에 들어온 사람들이 창수보다 앞서 진급했다. 창수의 실력은 인정받았지만, 직급은 그대로 머물러 있었다. 다행으로 당에서도 창수의 능력을 인정하고 있었는지 4년제 야간대학 전기과에 편입을 허용해주었다. 감격스러운 조치였다. 그러나 4년제 대학을 나오면 진전이 있으려나 기대했지만 역시 말단직에 머물고 있었다.

"동기들은 사무실에 앉아 일하는데, 창수 씨는 아직도 전봇대 타요."

며느리의 뾰족한 말투가 귀에 거슬렸지만, 그 애는 당원의 딸이니 토대가 나쁜 남편 집안 쪽에다 원망을 돌리는 것은 당연한 일이려니 여겼다. 다행히 창수는 교사로 근무하는 며느리와 결혼해서 그나마 안정된 토대를 만드는 중이었다. 사실, 창수는 토대 때문에 원하지 않는 결혼을 한 거였다. 며느리는 여자라고는 하지만 남자처럼 우락부락하게 생겨서 볼품이 없었다. 창수는 장래를 생각해서 외모를 따지지 않기로 작정한 것 같았다.

"야, 창수가 간부 못 된 것은 그 애 잘못이 아니고 전적으로 못난 부모 탓이다. 그런데 간부와 간부 아닌 사람의 차이 점이 뭐냐? 물론 나이 먹어서 위험한 전봇대에 올라가는 일은 어쩔 수 없다지만, 제일 큰 차이는 고위 간부가 되어야 이밥을 먹는다는 거 아니냐? 내가 하늘에 맹세하건대, 이제부터 창수에게는 평생 이밥만 먹일 거다. 우리 공화국에 쌀이 남아 있는 한, 우리 창수는 절대로 쌀밥을 먹을 거야. 그럼, 고위 간부와 무슨 차이가 있겠나?"

그날부터 큰아들에게 쌀밥 먹이는 프로젝트를 시행하는 것이 춘실이 살아가는 존재 이유였다. 맞아, 너는 쌀밥 팔자야. 부모 때문에 받은 설움을 아들이 대물림하는 것은 미안하고도 서러운 고통이다. 못난 에미가 속죄하는 의미에서 어떤 일이 있더라도 너에게만은 쌀밥을 먹일 것이다. 나 때문에 간부가 못 되었으니 대신 간부가 누리는 모든 걸 내가 만들어주마. 춘실은 주먹을 힘껏 쥐었다.

그렇게 결심을 굳히자, 자신도 놀랄 정도로 무서운 투지가 생겨났다. 더 이상 겁날 것도, 겁나는 것도 없었다. 춘실은 시간을 쪼개서 방물장사를 더욱 열심히 했다. 이제 나이도 들어 상황 판단도 노련해졌고 그동안 열심히 일한 경험으로 그 나름 인맥도 쌓여서, 대놓고 장사를 해도 모른 척 눈감아주는 분위기였다.

보위부원이 뭐라고 말을 걸어오면 막대기를 고이면 된다. 즉 작은 일에는 담배 한 갑을 찔러 넣어주면 모른 척 넘어갔다. 아무리 막힌 세상이라지만 사람 사는 데는 다 크고 작은 숨구멍이 있기 마련이다. 양말, 내복, 장갑, 옷가지를 비롯해 중국에서 물건을 해오는 사람에게 가서 팔릴 만한 물건을 받아다가 머리에 이고 이웃 동리로 나간다. 돈을 받을 때도 있지만 쌀이며 콩이며 돈 값어치가 있는 것으로 물물교환해서 이고 지고 온다. 한번은 너무 장사가 잘되어서 곡식으로 받은 물건이 점점 늘어났다. 40킬로까지는 어깨에 메고, 머리에 이고, 양손에 들고 가져올 수 있었지만, 60킬로 정도 되는 양은 아무리 악을 써도 도저히 감당할 수 없었다. 그래서 산길 후미진 곳에다 내려놓고 나뭇잎을 덮어 위장해놓았다.

"영감님, 미안하지만 곡식을 가지러 함께 갑시다. 밤길이니 누가 보는 사람도 없을 거요."

무거운 곡식을 이고 지고 왔더니 고개가 꺾어질 듯했다. 집에 돌아오니 더 이상 걸음을 걸을 수 없을 정도로 다리가 휘청거렸다. 혹시나 해서 영감에게 공손하게 말을 걸어봤는데 돌아온 건 여지없는 욕설이었다.

"이년이 보자 보자 하니까, 이제 나를 짐꾼을 만들려고 하네. 아무리 세상이 제 입맛대로 굴러간다지만 너까지 내가 우습게 보이냐?"

기대한 것이 잘못이었다. 배급으로 타 온 곡식까지도 술로 바꿔 마셔 없애는 인간이 주제에 어른질은 하고 싶은가 보다.

밤길을 나서려는데 왈칵 겁이 났다. 사람이 겁나는 것이 아니고 들짐승, 아니 더 이상 발을 옮겨놓지 못하겠다고 무너지는 몸이 무서웠다.

'이러다 쓰러지면 안 되지. 잘 숨겨놓았으니 내일 가지러 가야지.'

이튿날 몸을 추스르자마자 그곳으로 달려가 보았는데 곡식 자루가 온데간데없이 사라지고 없었다. 분명히 돌 틈새에 끼워놓고 나뭇잎을 잘 덮어놓았는데, 돌을 옮긴 흔적만 남아 있을 뿐, 곡식 자루가 보이지 않았다. 둘레를 꼼꼼히 살펴도 그곳이 분명한데 자루만 없었다. 터덜터덜 돌아오는 길은 분명 빈손이건만 다리는 천근만근 무거워 옮기기 힘들었다. 지난밤에 가지러 왔다면 이런 일은 없었을 텐데, 평소에도 살갑지 않은 영감이 더욱 원망스러웠다.

'지지리 복도 없는 인생, 더 살아봤자 일복밖에 무슨 부귀영화가 있을까. 당장 이 세상을 하직해도 미련 없는 인생이다.'

처음으로 죽고 싶은 생각이 들었다. 그 모진 멸시를 받을 때도 죽고 싶다는 생각은 없었다. 아니, 살다 보면 어찌 될 것이라는 막연한 기대가 살아 있어서인지도 모른다. 아무리 열심히 아등바등해봤자 하나도 나아질 것 없이 늘 같은 자리를 맴돌 것 같은 절망감이 엄습했다. 그래도 여기서 쓰러지면 안 되지. 까짓 곡식 자루 잃어버렸다고 죽으면 되나. 누군가 배고픈 이가 가져다 먹었겠지. 그 사람은 웬 횡잰가, 기적을 만난 것 같았겠지. 어쨌든 열심히 일해서 창수에게 쌀밥을 먹여야지. 김일성 수령이 돌아가시고 나서 점점 식량 사정이 나빠졌다. 배급도 제때를 넘기는 일이 잦았고, 당에서는 더 이상 졸라맬 것도 없는 허리띠를 더욱 졸라매라고 했다.

춘실의 모든 에너지는 창수에게 쌀밥을 먹여야 한다는 사명감으로 충전되었다. 화전민으로 떠도는 현숙은 어디서 무얼 먹고 살까. 이따금 만나면 자루에다 곡식을 담아 메어주었다. 그래도 보리, 콩, 옥수숫가루를 주었을 뿐이지, 쌀만은 창수를 위해서 아껴 감춰두었다. 심지어 창수가 집에 다니러 올 때도 밥솥 한편에 따로 앉힌 쌀밥을 창수에게만 주었다. 나머지 식구들은 감자나 고구마 혹은 옥수수를 놓은 밥을 먹었다.

"세상이 한참 거꾸로 되었구나. 애비한테는 잡곡밥 주고 제 새끼한테만 이밥 먹이는 년은 조선 팔도를 다 뒤져도 못 찾을 기다."

창수도 불편해서 자꾸만 밥을 밀어놓았지만, 춘실이 완강하게 말했다.

"너 에미 죽는 꼴 볼래? 나는 네 입에 쌀밥을 넣기로 천지신명께 맹세했다. 이 세상 누구도 못 말린다. 그러니 너는 이 밥을 먹어야 해. 아니면 엄마가 이 땅에서 고생하면서 살아갈 이유가 없어."

춘실의 서슬이 시퍼렇게 번뜩이자, 영감도 더 이상 입을 열지 않았다. 어허, 참, 장탄식만 했을 뿐이다. 춘실 자신도 쌀밥을 먹지 않았다. 쌀이란 쌀은 다 모아다 창수네 집에 보냈다. 창수의 직장이 다른 곳으로 이전했을 때도 수단 방법을 가리지 않고 그 집에 쌀을 공급했다. 며느리도 놀라는 것 같았다. 성분 좋은 당원 집안인 친정에서도 쌀밥 먹기가 힘든 시절에 어떻게 구했는지 시어머니는 쌀을 가져왔으니까. 남들이 굶어 죽어가는 고난의 행군 시절에도 창수 집에는 쌀이 떨어지지 않았다. 당에서는 뭐라 하든, 우리 집에서는 창수가 고위 간부다. 그러니 고위 간부처럼 대접해야 한다. 이게 춘실의 지론이었다. 둘째 딸 현정이나 막내 동수는 잡곡밥이나 옥수수죽을 함께 먹을망정 창수는 예외였다. 그 아이들은 어머니가 창수를 우상 단지 받들듯 한다고 입을 삐죽거렸지만, 어머니의 결기를 느껴서인지 아무도 대놓고 불평하지 못했다.

 하늘이 도왔는지 창수가 입당하는 경사가 일어났다. 창수는 고난의 행군 시기에도 하루도 빠지지 않고 출근할 수 있었다. 굶주린 노동자들이 결근하고, 먹을 것을 구하러 돌아다닐 때도 창수는 착실하게 회사를 지켰다. 춘실이 뒤로 식량을 대주었기 때문이지만 하여튼 그 일로 충성심을 인정받고 입당할 수 있었다.

 2000년대 초반 남북의 화해 무드가 조성되던 시기에 광폭

정치의 일환으로 월남자 가족 중 한 사람에게만 예외적으로 대우를 해준 일이 있다. 적대 세력을 줄이고 내부 결속을 도모하기 위해 보여주기식으로 행한 조치였지만, 어쨌든 운이 좋게 창수는 충성된 공민으로 인정받아 꿈에 그리던 당원이 되었다. 창수가 입당한 후에 작은아들 동수도 당원이 되기 위해 국가 건설에 자원하며 여러모로 노력했지만, 한 집안에 한 사람에게만 허락된 일이라, 동수는 결국 좌절하고 말았다.

사실 현정이도 아픈 손가락이었다. 현정인 인민배우 후보가 될 정도로 얼굴이 고왔기 때문에 따르는 남자가 많았다. 지주의 손자, 병역기피자의 딸이라는 손가락질도 미모 앞에서는 어쩔 수 없는 듯 결혼하겠다는 남자들이 줄을 지었다. 번듯한 남자들이 현정과 결혼하고 싶다고 덤벼드니 기분이 나쁘지는 않았지만, 걱정이 앞섰다. 그중에 현정이와 서로 뜻이 맞아 결혼하겠다고 한 남자가 있었다. 염려한 대로 시부모 될 사람들은 장차 아들이 받을 불이익 때문에 반대가 심했다. 그러나 북쪽이나 남쪽이나 자식을 이기는 부모가 없기에, 어렵게 결혼이 성사되었다.

하지만 안도한 것도 잠시, 당에서 사위를 바로 좌천시켜버렸다. 토대가 나쁜 집안의 딸과 결혼했으니 어느 정도 예상한 일이었지만, 그렇게 빨리 조치할 줄은 몰랐다. 사위는 직장에서 쫓겨나서 러시아 벌목공으로 차출되었다. 그나마 집안에 힘이 있으니 가능한 일이었다. 보통 사람들은 외국에 돈벌이 하러 가려면 적게는 이백 달러쯤 뇌물을 써야 추천을 받는다고 했다.

현정의 시어머니가 쫓아와 악담과 원망을 쏟아냈다. 3대가 지나야 나쁜 토대에서 어느 정도 벗어날 수 있는데, 춘실은 아버지가 반동이니 자신을 2대로 볼 수 있지만, 영감 쪽으로 보면 본인 1대가 아직도 한창 진행형이다. 사위는 군대를 다녀왔으니 웬만한 일에 적응을 잘할 것이라고 스스로 위안을 삼았지만, 러시아의 맹추위를 견딜 생각을 하니 미안한 마음은 여전했다. 하필이면 추운 겨울에 나무를 자른다고 벌목공들을 데려갈까. 원망스러웠다. 그런데 겨울이라야 잡풀도 없고 땅이 얼어서 잘라낸 나무를 굴려 산 밑으로 내려보낼 수 있단다. 모든 게 나름대로 이유가 있구나, 깨달음이 왔다.

현정도 과부 아닌 과부가 되어 아들 하나를 데리고 눈칫밥을 먹으며 연명하고 있었다. 막상 남편이 좌천되어 러시아로 떠나니 면목도 없고 기가 죽어서 고분고분 시댁 말을 잘 들었다. 막내아들 동수는 착하고 순해서 군말 없이 당의 지시대로 열심히 따르고 있었기에 크게 걱정할 일은 없었다.

어느 날 마을 전체가 묘하게 술렁거렸다. 무슨 일인지 당에서 사람들이 나와서 곡괭이와 삽을 들고 산길을 오르고 있었다. 리당 위원장 가족의 묘소로 가는 길이라고 했다. 성묘할

시기도 아닌데, 왜 묘소로 가고 있을까? 뭔가 문제가 생긴 듯했다. 이 동네의 리당 위원장은 동네 사람들에게 평판이 좋았다. 그에 비하면 친정 동네의 리당 위원장은 김창국을 협박해서 쫓아내고 춘실과 헤어지게 만든 장본인이었다. 그 순간에는 원망스러운 마음도 들었지만, 그 사람이 아니라도 어차피 누군가 김창국과 춘실의 동거를 고발했을 것이라고 마음을 다독이며 분노를 삭여나갔다. 농장 관리위원장이 반동분자의 딸과 살림을 차린 사실을 리당 위원장이 모른 척 덮어준다 해도 결국 시간문제였을 것이다. 언젠가 발각되게 마련이고 리당 위원장은 근무 태만으로 생활총화 대상이 되었을 것이다. 돌이켜보면, 그 사람도 다 살려고 한 일이다.

 새파랗게 질린 리당 위원장이 앞장서고 동네 사람들이 뒤를 따라갔다. 모두 다 나오라는 명령이 있었다. 하루 작업을 멈추고 참여해야 할 일이라면 심각한 사안이 틀림없었다. 리당 위원장이 무슨 잘못을 했을까, 그는 사시나무 떨듯 떨고 있었다. 그뿐만 아니라 그 집안 식구들이 줄줄이 불려 나왔다. 리당 위원장은 표창도 많이 받은 훌륭한 인물이었다. 퇴비 증산도 가장 많이 했고, 도로 소제며 우물가 청결, 모내기 등등 모든 일에 솔선수범하는 인정 많은 사람이었다. 그래서 칭찬이 자자했는데, 그가 무슨 잘못을 했단 말인가.

 곡괭이를 든 사람들이 리당 위원장 아버지의 묘소에 도착했다. 대체 무슨 일을 하려는지 의아하게 바라보는 눈길들 앞에서 한 사람의 곡괭이가 묏등을 찍었다. 그것을 신호로 여럿이 달려들어 묘를 파헤치기 시작했다. 아무리 공화국이지만 부모의 묘소를 훼손하는 일은 정서적으로 용납되지 않았다. 부관참시도 아니고 죽은 사람 시체를 파서 뭣에 쓰려고 그럴까. 의문과 분노로 입을 다문 사람들 앞에 드디어 관이 모습을 드러냈다. 그들은 흙 묻은 관을 땅 위에 올려놓았다. 창백해진 리당 위원장이 땅에 무릎을 꿇고 두 손을 모아 싹싹 빌었다. 도대체 무슨 일인가? 묏자리가 나빠서 이장해주는 일이 아니라면? 그리고 묏자리가 좋네, 궂네, 하는 미신은 척결해야 할 악습이었기에 이장해줄 리 없었다. 그 자리가 물이 나는 안 좋은 자리였을까? 과연 시체가 어떤 모습일까? 잘 썩어 흙이 되었을까? 아니면 그대로 있을까? 긴장의 순간, 그들은 노루발로 관 뚜껑을 열어젖혔다.

"으악, 이게 뭐야?"

그 소리에 리당 위원장이 얼굴을 감싸 쥐고 땅에 엎드렸다.

"이거 돌멩이 아니야? 당신 아버지 묘지라면서, 시체는 어디 있어? 바른대로 말해."

보위부원이 소리를 버럭 질렀다.

"잘못했습니다. 죽을죄를 지었습니다. 어머니 말씀이 아버지가 통 소식이 없으니 돌아가신 것 같다고 장례를 치르자고 하셔서 시신 없는 장례를 치른 것입니다. 저도 돌아가신 줄 알았습니다. 정말입니다."

"당을 감쪽같이 속였구먼. 그렇다면 당신 아버지가 살아 있다는 사실은 언제 알았나?"

"얼마 안 되었습니다. 중국을 오가는 사람을 통해서 돈이 왔더랬습니다. 갑자기 너무 놀라서 말도 못 하겠고, 고민하다가 그 돈을 마을과 조국을 위해 써야겠다고 생각해서 이러저러한 사업을 했던 것입니다."

"그것은 우리도 이미 조사한 바요. 동무가 거짓말을 한 것은 죄가 되지만 그 돈을 마을을 위해 비료를 사고, 길을 닦고, 공화국의 혁명 과업을 위해 쓴 것이 인정되었기 때문에 특별히 용서하라는 당의 지시가 있었소. 생활총화 시간에 동리 사람들 앞에서 자아비판을 하고, 앞으로는 무슨 일이든 거짓 없이 당에 보고하시오."

당사자인 리당 위원장은 물론 옆에 서 있던 동리 사람들도 안도의 한숨을 쉬며 가슴을 쓸어내렸다. 남한에 있는 아버지가 돈을 많이 보내줄수록 마을이 좋아질 것이라는, 어쩌면 식량 문제도 상당 부분 해결되지 않을까 하는 기대가 높아졌다. 사연인즉 남조선으로 도망친 동리 사람이 길에서 한 노인을 만났는데 아무래도 낯이 익어 보였다는 거였다. 그래서 이야기를 나누다 보니 고향 사람이었고 바로 그 노인이 실종 처리

된 리당 위원장의 아버지였다는 것이다. 노인은 북한 사정이 안 좋다는 소문을 듣고 아들 걱정이 되어서 돈을 보내기 시작했다. 브로커를 통해 몇 차례 돈을 보냈는데, 그것이 남한에 거주하는 탈북민 사이에 소문이 났고, 그 소문이 여기까지 흘러 들어와서 이 사달이 생긴 것 같았다. 하지만 당에서는 외부에서 돈이 들어오는 루트를 차단할 필요가 없었기에 눈감아주기로 합의한 것 같았다. 들어오는 돈의 상당 부분이 그들의 주머니로 들어갈 모양이었다.

남한에 친척을 가진 사람, 그것도 아주 가까운 부모나 형제가 있는 사람은 오히려 부러움의 대상이 되었다. 이따금 탈북자를 잡아 와서 공개처형을 하며 겁을 주었지만 먹고살 길이 막막한 처지에서는 어떤 형식이든 도움의 손길을 간절히 원하기 마련이다. 게다가 남한의 부자 아버지에게서 이산가족 상봉 신청까지 받고 보니 춘실에 대한 천대는 상당히 희석되어 있었다. 당시 춘실의 남동생은 어린 아기였기 때문에 생사를 확인할 길이 없어서 맏딸 춘실에게 상봉 신청서가 전달된 것 같다고 했다. 주위 사람들은 남모르게 돈이라도 오지 않았을까, 은근히 기대하는 눈치였다. 이산가족 상봉 행사장에 가면 오천만 원을 받아 온다는 근거 없는 소문도 있었다.

창수와 동수는 외할아버지가 살아 있다는 소식에 착잡해졌다. 막내 동수는 할아버지가 지주이고 외할아버지가 월남한 반동의 손자라고 해서 얼마나 설움을 받았던가. 학교에서 아이들이 신발에 흙을 넣는 것쯤이야 짓궂은 장난이라고 볼 수도 있었지만, 똥을 넣어놓을 때도 있었다. 어차피 나누어줄 배급 국수도 두 타래 중 한 타래만 주고 나머지는 권투 시합을 해서 이기면 주겠다며 선생이라는 작자가 아이들에게 싸움을 붙이는 일도 있었다. 배가 고프니 그거라도 먹으려고 비슷한 처지끼리 서로 때리고 맞은 그때 일을 생각하면, 동수는 불혹의 나이에도 얼굴이 화끈거린다고 했다. 어차피 제 몫의 배급 국수를 그런 식으로 받은 일에 대해 분노가 치솟는다는 것이다.

큰아들 창수는 그동안 외할아버지의 행적에 대해서 전혀 모른다고 부인했고 실제로 그랬다. 얼굴도 본 적이 없는 외할아버지나 할아버지로 인해 받았던 불이익 때문에 실오라기 같은 혈육의 정까지 깡그리 끊어진 것이다. 그런데 외할아버지가 서울에 있다는 연락이 왔다니 이게 무슨 날벼락인가 싶었다. 속 모르는 다른 사람들은 남쪽에서 고향방문단이 오면 오천만 원을 번다고 노골적으로 부러워했다. 하지만 토대가 안정되어 가고 있는 창수에게는 외할아버지의 존재가 재앙처럼 여겨졌다.

"어머니, 우리는 정말 잘 살아볼 날이 하루도 없는 것 같네요. 이제 조금 안정되려고 하는데, 외할아버지의 소식은 청천

하늘에 날벼락 같습니다. 이제 거의 사그라지는 불에 다시 기름을 부은 것 같아요."

"너는 무조건 모른다고 해라. 가족 상봉 신청이 와도 나는 절대 안 나갈 거다. 우리는 모르는 사람이라고, 관심 없다고 끝까지 잡아뗄 거야."

"어머니, 지금까지 외할아버지가 행방불명이라고 했고 문건에도 그렇게 기록되어 있어요. 그래도 남조선으로 뛰었다고 손가락질하는데, 이번 일로 남조선에 있는 게 확인되었잖아요. 행방불명과 남조선에 있다는 거는 엄연히 다른 사건입니다. 차라리 행불이 낫습니다. 만약 어머니가 외할아버지를 만나러 가면 우리에게 화살이 더 깊이 들어올 거예요."

"그래, 이미 남이 된 아버지, 그동안 없었던 아버지이니 끝까지 모르는 사람이라고 해두자."

춘실은 그렇게 말했지만, 외할아버지가 살아 있다는데 노골적으로 불편한 기색을 드러내는 자식들을 보니 마음이 착잡했다. 물론 자식들의 입장을 이해 못하는 것은 아니지만, 그래도 춘실에게는 아버지가 아닌가. 섭섭했다.

불행인지 다행인지 이산가족 만남은 성사되지 않았고 그로 인한 고민은 면할 수 있었다. 이산가족 상봉 행사에는 의용군 출신 위주로 공적이 있거나 사회적으로 일정한 지위에 있는 사람들이 선발되었다. 치안대에 가담했거나 만행을 저지르고 월남한 사람들에게는 이산가족 상봉이 허용되지 않았다. 실무자들은 춘실의 아버지가 명단에 없는 것을 알고도 모르쇠로 일관하면서 수시로 뇌물을 요구하며 희망 고문을 한 것이다.

그런데 현정의 남편이 러시아 벌목공으로 떠난 지 이 년도 못 되어서 보위부 위원들이 현정에게 들이닥쳤다. 다행히 현정은 그동안 타지로 여행을 간 적도 없고, 자기 사는 곳을 떠난 일도 없었기에 사건은 흐지부지 끝나고 말았다. 하지만 사위가 실종되었다니 걱정이 이만저만이 아니었다. 어느 골짜기에서 사고를 당해 쓰러져 있는지, 짐승들에게 물려갔는지, 얼어 죽었는지, 어디로 숨었는지 알 수 없었다. 사위가 실종되었다는 소식이 전해진 지 한참 후에, 남편을 찾으러 간다고 아이를 업고 집을 나간 현정조차 돌아오지 않았다.

마음은 무거웠지만 손 놓고 우두커니 앉아 있을 수 없는 형편이었다. 기분과는 상관없이 손발을 재게 놀려야 굶어 죽지 않을 수 있었다. 시간이 지나도 경제 상황은 나아질 기미가 조금도 보이지 않았다. 그래도 고난의 행군 시대를 견뎌낸 몸인데 그보다 더 나빠질 것이 있겠는가, 배짱만 늘었다. 오히려 텃밭 가꾸기와 장마당이 생겨서 춘실에겐 아주 좋은 기회였다. 장사에 이력이 난 춘실은 국경 근처까지 가서 물건을 해왔다. 돈 버는 요령이 늘어서 창수 쌀밥 먹이는 일은 그다지 어렵지 않았다. 화전민으로 사는 큰딸에게도 알게 모르게 곡식 자루를 전해주었다. 화전을 일굴 만한 땅도 점점 줄어들어서 딸의 형편은 말이 아니었다.

그러던 중 연락책으로부터 은밀하게 소식이 왔다. 현정이 남조선에 가 있다는 소식이었다. 남조선이라는 말만 들어도 오금이 저릴 지경이었다. 돈을 보냈으니, 연락책을 따라 일단 중국으로 건너오라는 전갈이었다. 물건을 하러 중국에 가본 적은 있지만 새삼 비밀스럽게 가려니 무척 불안했다. 그러나 돈을 준다는 말에 마음이 움직여, 물건을 하러 가는 것처럼 태연하게 따라나섰다. 연락책의 말로는 춘실과 확인 전화가 되어야만 현정이가 나머지 수고비를 주겠다고 했다는 것이다.

"엄마, 나 현정이야요."

"아니, 이게 대체 무슨 일이냐? 어디 있는지 몰라서 걱정했는데, 어떻게 거기에 가 있어? 살아 있으니 다행이다."

"엄마, 그 사람이 돈을 줄 테니 받으세요. 엄마가 받았다고 확인해야 내가 수고비를 줄 거니까. 돈을 잘 가지고 있다가 긴요하게 쓰세요."

"그건 그렇고 살 만하니? 너희 식구들 다 잘 있고?"

"무사해요. 자세한 이야기를 전화에다 다 할 수는 없고요. 외할아버지를 찾았어요."

"아니, 어떻게 그 많은 사람 틈에서 외할아버지를 찾아? 한

번도 본 적이 없는데."

"할아버지가 이산가족 신청서를 낸 적이 있잖아요. 그 생각이 나서 이북5도청에도 가고, 적십자사에 수소문해서 찾았어요. 그런데 할아버지가 엄마를 꼭 데리고 오래요."

외할아버지를 찾았는데 진짜 부자란다. 대한민국 서울에서도 노른자인 강남에 살고 있다고 했다. 외손녀라고 했더니 믿을 수 없다며 엄마를 데리고 오라고 했다는 것이다. 이웃집으로 마실 나가는 것도 아니고 남조선으로 오란다고 그냥 막 가나? 코웃음이 나왔다. 그 애가 클 때부터 좀 생뚱맞더니 남조선에 가 있다고?

"나는 절대 남조선에 안 간다. 네가 돈을 보냈으니 요긴하게 쓰겠다만, 나는 여기서 살 테니 걱정하지 말고 너나 잘 살면 고맙겠다."

연락책이 돈 봉투를 주며 확인해보라고 했다. 한국 돈으로 치면 이백만 원가량의 중국 돈이라고 했다.

"할머니, 이 돈을 가지고 가다가 잘못하면 뺏길 수도 있으니 내가 안전하게 강을 건너드릴게요."

"일없어요. 내가 직접 건너가지요. 댁이 강을 공짜로 건네주지는 않을 거 아니요?"

"물론, 수고비를 좀 주시면 안전하게 건너편까지 모셔다드린다니까."

"나는 그냥 혼자 갈랍니다. 당신들도 허튼짓하면 다 불어버릴 테니 딴맘 먹지 마시오."

그렇게 통박을 놓고 춘실은 돈을 비닐에 싸서 보자기로 감았다. 그리고 목과 겨드랑이 사이에 대각선으로 꼭 묶고 그 위에 옷을 입었다. 채비를 한 후 곧바로 첨벙첨벙 강물로 걸어 들어갔다. 두만강 상류 쪽 물굽이가 도는 곳, 수풀이 우거지고 물이 얕으면서 경비가 허술한 곳이라 해도 백두산 천지에서 내려오는 물이 얼마나 차가운지 금시에 몸이 얼어붙는 것 같았다. 가슴까지 차오르는 물에 발이 자꾸만 뜨려고 했다. 물살에 떠내려가지 않으려고 안간힘을 쓰면서 간신히 강을 건넜다.

"저 할머니는 보통 사람이 아니야. 촌 할머니로 봤다간 큰코다치겠다."

나중에 전해 들은 브로커의 말이다.

'내가 만만해 보이냐? 이래 봬도 소금에 절고 간에 절은 사람이야. 그 돈이 어떤 돈인데 허투루 날리나.'

처음에 말 같지도 않던 소리도 자꾸 생각해보니 그럴듯했다. 친정어머니도 진작 돌아가시고, 나이 차가 많은 영감도 삼 년 전에 저세상 사람이 되었다. 영감은 나이도 나이지만 술에 찌들고 마음속에 원망이 가득해서 건강이 좋지 않았다.

일평생 불평만 하다가 가버린 불행한 인간이었다. 그동안 창수에게는 알게 모르게 돈도 많이 보냈고, 이제 창수는 어엿한 당원이 되어 제자리를 공고하게 다지고 있었다. 뛰어난 전기 기술자로 이름이 나서 덕을 본 것 같은데, 어쨌든 창수는 춘실과는 계급이 다른 사람이 되어 있었다. 이제는 배선 반장으로 진급해서 송전과 배전 일체를 담당하고 있었고, 그 집에 쌀 배낭이 쌓인다고 누군가 귀띔했다. 이제 창수에게는 못난 어머니가 없어지는 편이 더 나을 듯싶었다. 장사를 그만하라고 다그치는 걸 보니 새까맣게 그을린 엄마가 장마당에 나와 있는 것이 창피했을 법도 하다. 현정이가 연락책을 따라나서라고 여러 번 재촉하니 한번 가볼까, 슬쩍 호기심도 생겼다.

　중국과 무역하는 사람에게 물건 하러 갔다가 두만강을 건넌 경험이 있었다. 그때는 장사하러 가는 길이니 당당해서 겁이 없었다. 이번 한 번만 눈 딱 감고 한 발 더 가볼까. 자식들에게도 할 만큼 했으니, 마지막으로 아버지 얼굴이나 보고 죽어야겠다는 생각이 들었다. 큰아들 창수는 이제 남남이나 마찬가지고 큰딸에게도 적지 않게 돈을 떼어주었다. 막내아들이 마음에 걸리기는 했지만, 부부가 별 탈 없이 살고 있으니 늙은 어머니가 없어진다고 크게 장애가 될 일은 없을 것 같았다.

　안내인에게는 강 건너줄 때 삼분의 일, 중국에서 한국으로 가는 길을 안내할 때 삼분의 일, 마지막으로 한국에 안전하게 도착해야 나머지 금액을 주기로 약정되어 있다고 했다. 현정이가 돈을 많이 쓰면서 재촉하는 걸로 봐서 가기는 가야 할 모양이었다.

의심을 피하려고 집에 살림살이는 그대로 다 두었다. 살림이라고 해봤자 귀한 것은 없었으나 손때 묻은 물건이라 아쉬움이 남았다. 일단 가보고 사정이 여의찮으면 돌아오면 될 것이라는 단순하고도 무지한 생각에 어렵지 않게 마음을 정할 수 있었다. 그래도 혹시 아이들에게 피해를 줄까, 걱정되어서 이백오십만 원이라는 거액을 들여 퇴거신고까지 마쳤다. 일정 기간 돌아오지 않으면 사망으로 처리해달라는 부탁도 잊지 않았다.

당시에는 대규모 탈북이 일어나고 있어서 국경을 넘는 것이 별로 어렵지 않았다. 앉아서 굶어 죽는 것보다는 중국에 가서 돈을 벌어오는 편이 더 낫다는 분위기가 팽배했다. 딸이 많은 집에서는, 다른 집 딸들은 중국에서 돈을 벌어 보낸다는데, 너희들은 무엇 하고 있느냐고 오히려 등을 떠밀었다. 중국에서 얼마나 위험한 삶이 도사리는지 모르고 하는 소리다. 어쩌다 성공했다는 소문에 근거 없는 희망이 부풀려졌다. 너나없이 굶주리는 탓에, 감시하는 사람도 기력이 빠져서인지 걸음걸이가 느슨해 보였다.

그래도 가족이 행방불명되었다고 하면 성분이 나쁜 사람으로 지목될 수 있으니, 죽었다고 하는 게 더 안전하다. 만일 죽었다면 어디서 어떻게 죽었는가, 확인해야 하니 의사의 사망확인서를 가져오라고 할 것이다. 혹시 나중에라도 살아 있는 게 발각되는 날에는 의사도 위험하겠지만, 당장 먹을 것이 없는 상황에서는 쌀과 사망확인서를 바꿀 수 있었다.

자식들은 엄마가 알아서 주소를 옮겼는데 어디로 간지 모른다고 잡아떼면 그만일 것이다. 실상 자식들도 춘실의 행방을 알 길이 없다. 그 애들에게도 아무 말 없이 사라질 결심을 했으니까. 몰라서 모른다는데 천하의 보위부도 어찌할 수 없을 것이다. 다 늙은 여자를 죽이든 살리든 마음대로 하라지. 더 이상 살아갈 의욕도, 살아야 할 이유도 없었다. 아버지가 살아 계신다니 얼굴이나 한번 보고 죽어야겠다는 단순한 마음뿐이었다.

7장
마침내, 강을 건너다

 장사하러 가는 것처럼 차려입고 안내인이 일러준 대로 혜산으로 향했다. 양강도 혜산까지도 먼 길이었다. 가는 도중에 소위 11호 초소에서 여러 번 통행증 검사를 받았지만, 그동안 쌓은 요령으로 무사히 통과할 수 있었다. 혜산시에서 일행을 만나 적당한 때를 기다리며 여관에 자리를 잡았다. 처음에는 밤에 강을 건너기로 했는데, 갑자기 낮에 건너가는 것으로 계획이 바뀌었다고 연락이 왔다. 오히려 환한 대낮에 경비가 느슨하다는 것이다. 보초가 없는 시간대에 폭이 좁은 곳에서 강을 넘자는 계획이었다.
 여름의 끝자락이었지만 강물은 얼음장같이 차가웠다. 강물에 쓸려 내려가지 않도록 여럿이서 한데 손을 엮고 미끄러운 강바닥을 조심조심 건너야 한다고 여러 번 주의를 받았다.
 "말할 때, 제대로 새겨듣지 않고 자기 마음대로 판단해서 행동하면 안 됩니다. 신발을 꼭 신으시오. 맨발이 더 낫겠다고 신발을 머리에 이고 가다 미끄러져서 강물에 휩쓸려 떠내려간 사람도 있어요. 옆 사람 손을 놓쳐서 낙오하면 우리도 어쩔 수 없습니다. 그 사람을 구하려다 발각되면 모두 다 죽습니다. 정신 바짝 차리고 절대로 옆 사람의 손을 놓치지 마시오. 총알이 귀를 스쳐도 돌아보지 말고 무조건 앞으로 가시오."

실제로 강바닥이 무척이나 미끄러웠다. 바지는 벗어서 머리에 이고 끈으로 묶었고 상의는 올릴 수 있는 만큼 걷어 올렸다. 건너편에서 옷이 젖은 사람들을 보면 의심한다는 이유였다. 생각보다 강물은 거세고 차가워서 이가 덜덜 떨리고 심장이 멎을 것 같았다. 늙은 할머니가 잘 건너갈 수 있을까, 연락책이 고개를 갸웃거렸지만, 춘실은 젊은이 못지않게 행동이 민첩했다. 중국에서는 탈북한 젊은 북한 여자들을 인신매매한다는 소문이 무성했고, 남자들도 다시 잡혀가면 아오지 행이라고 알고 있었다.

두만강, 비가 오지 않을 때는 수심이 얕아서 중국에 사는 조선족 아이들과 북한 아이들이 함께 고기도 잡고 물장난도 치던 강이었다. 어쩌다 장마가 지고 나면 물길이 달라져서 가운데 땅이 중국에 닿았다가 북한에 닿았다가 해서, 함께 농사도 지었다는 전설 같은 이야기도 있었다. 여름에는 헤엄쳐 건너고, 겨울에는 얼음 위로 걸어 왕래하던 강에 철책이 하나둘 늘어나고 있었다. 두만강을 통해 중국으로 달아나는 사람이 많다고 해서 두만강은 '도망강'이라는 별명까지 붙었다.

어쨌든 춘실은 무사히 강을 건넜고 건너편에 대기하고 있던 봉고차에 무사히 인도되었다. 몽골이나 라오스 혹은 태국 루트를 통해 몇 달씩 죽을 고생을 해서 탈북하는 사람들이 대다수인데, 춘실 일행은 어렵지 않게 중국 훙남이라는 곳을 경유해 단둥까지 올 수 있었다. 물론 검문을 받으면 무조건 입을 다물고 잠자는 척하라는 지시를 받았지만, 다행히 차를 세울 일이 없었다. 그때가 2006년 9월 9일이었다. 건국절 행사를 틈타 날짜를 잘 잡은 것 같았다. 일이 일사천리로 착착 진행되니 오히려 의심이 날 정도였다. 인신매매된 것은 아닌가, 함정에 빠진 것은 아닌가. 인상이 안 좋은 사람은 말할 것도 없고 친절한 사람도 의심의 눈으로 볼 수밖에 없었다.

중국에 오니 안내인이 한국에 있는 딸에게 전화를 걸어 바꿔주었다. 며칠만 고생하면 된다는 딸의 말에 안도하며 안내인이 이끄는 대로 어느 가정집에 머물렀다. 일행들은 다른 곳으로 갔고 춘실만 따로 남았다. 처음에는 감시가 허술한 낮에 혼자 넘어가는 것이 안전하다며 어딘가로 가라고 하는 것을 끝내 가지 않겠다고 버텼다. 말도 모르고 지리도 모르는데 집 밖에 나가봤자 좋을 일이 없을 것 같다는 직감 때문이었다. 그렇게 며칠을 보냈다. 그러다 어스름밤이 되자 안내인이 와서 작은 배가 있는 곳으로 데리고 갔다. 그 옛날 아버지가 대기시켰던 배보다는 훨씬 컸지만, 그때의 불안한 기억이 그녀의 발목을 잡았다. 순간, 발이 땅에 붙은 것처럼 떨어지지 않았다.

"할머니, 뭐 하고 있어요. 빨리 들어오라니까."

짜증 섞인 음성이 그녀를 재촉했다.

이 배가 어디로 가는 것인지, 이 사람들이 믿을 만한지, 알 수 없는 두려움이 발을 땅에 묶어둔 것 같았다.

'그래, 이판사판이다. 전에 아버지를 따라서 배를 탔더라면 모진 고생을 안 했을 것 아닌가. 이 나이에 죽어도 아까울 것 없으니, 될 대로 되라지.'

그랬다. 북한에서는 70세까지 장수하는 사람을 찾아보기 어렵다. 60세 정도가 되면 비실비실 사람 구실도 제대로 못하다 스러져버린다. 그래서 대개 사람들은 60세까지만 살아도 다행이라는 인식이 있었다. 어떤 이는 45세에 강을 건너면서 만일 실패하면 15년 일찍 죽는 셈 치고 용기를 냈다고 한다. 계속 힘들게 사느니 15년을 버리는 각오로 모험했단다. 그렇게 따지면 춘실은 이미 60년을 넘게 살았으니, 도중에 잘못된다 해도 손해 볼 게 없다.

그런 심정으로 휘청거리는 다리에 힘을 주고 배에 올랐다. 배의 아래 칸으로 내려가 숨으라고 할 줄 알았는데, 옆에 있는 휘장을 들추며 그 속으로 들어가라고 했다. 쌓인 박스 뒤편으로 한두 사람이 누울 수 있는 공간이 있었다. 안내인은 누가 오더라도, 무슨 소리가 들리더라도 절대 내다보면 안 된다고 으름장을 놓았다. 이왕 배에 오른 이상, 그의 말을 들을 수밖에 없는 처지였다. 어쨌든 바다를 건너려면 배를 타야 할 것 아닌가. 춘실은 휘장 안에서 웅크리고 누워 배가 떠나기를 기다리고 있었다. 배가 항구에서 흔들리고 있으니, 금방이라도 누군가가 올라와서 잡아가는 것 아닌가 불안했다. 눈은 감았지만, 귀는 더 예민해져서 아주 작은 소리까지 귓바퀴에 와서 걸렸다.

정말로 잠이 들었나 보다. 뱃사람들이 오히려 대단한 배짱이라고 혀를 내둘렀지만 달리 할 수 있는 일이 없었다. 작은 배가 풍랑이라도 만나 깊은 바닷속으로 가라앉는다면, 영락없는 고기밥 신세다. 자다가 죽으면 그것도 다행한 일이다. 눈을 뜨면 천국에 있을까, 지옥에 있을까? 장사하느라 거짓말도 많이 했는데, 하느님도 먹고사느라 어쩔 수 없이 했던 일인 걸 아실 테지. 운명에 맡길 수밖에. 그렇게 모든 가능성을 포기하고 신의 뜻에 맡기니 스르르 눈이 감겼다.

아침에 안내인이 휘장을 들추며 나오라고 했다. 그의 말대로 나가보니, 천국도 지옥도 아니고 햇살이 눈부시게 내리는 인천항이었다.

남들은 죽을 고비를 몇 번씩 넘기고 발이 부르트게 산을 오르내리며 태국, 라오스, 몽골, 미얀마의 험한 루트를 통과하거나 조각배로 메콩강을 건넌다고 들었다. 도중에 가족을 잃고 여러 희생을 감수하면서 대한민국으로 온다는데 춘실은 그야말로 집을 떠난 지 13일 만에 대한민국의 품에 안겼으니, 천지신명이 특별히 도운 일이 아니면 설명할 수 없는 기적이라고 했다.

절차대로 인천항에서 바로 국정원으로 인계되었다.

"오시느라 수고하셨습니다. 환영합니다."

키가 크고 얼굴이 멀끔한 양복쟁이들이 볼품없는 늙은 할머니에게 깍듯이 인사했다. 춘실을 호송하는 차 안에서 바라본 바깥 풍경은 북에서 말로 듣던 것과 완전히 딴판이었다. 늙은이에게 보여주려고 이 많은 차를 전부 끌어다 모아놓지는 않았을 테고, 거리에는 차도 사람도 넘치게 많았다.

북한에서 장사했답시고 그래도 남들보다 눈이 뜨인 줄 알았더니, 거리에 활기차게 돌아다니는 사람들을 보자 공연히 기가 팍 죽었다. 북한에서 교육받은 대로 저들이 어디론가 끌고 가서 고문하고 거꾸로 매달아 한 방울씩 피를 뽑는다 해도, 장기를 빼서 팔아먹는다 해도, 어쩔 도리가 없었다.

국정원이라고 하면 보위부 정도로 생각했다. 그래서 어느 정도 신문이나 고문까지도 각오하고 있었다. 현정이 말대로

라면 아무 걱정이 없다지만 혹시 간첩으로 몰리는 것 아닌가, 은근히 겁이 났다. 생전 보지도 못한 산해진미 음식들을 가득 쌓아놓고 마음대로 먹으라고 하니 좋으면서도 한편으로 걱정이 앞섰다. 살을 찌워서 팔아먹으려는 게 아닌가, 하지만 늙은이는 값이 나가지 않으니 아무리 먹여도 별 이득은 없을 것이다. 혼자 상상하고 계산하다 쓸데없는 생각을 떨치려고 도리질을 쳤다.

다른 것은 다 좋은데 독방에 두고 매일 조사를 받을 거라고 했다. 어떻게 알았는지 세면도구에 잠옷, 화장품까지, 속옷과 모든 필요한 물건들을 세심하게 챙겨주었고 북한에서 보기는 했어도 먹어보지 못한 과자를 간식으로 주었다. 생전 처음으로 일하지 않고 맛있는 밥을 먹고 쉬다니, 여기가 천국이구나 싶었다. 일생 누려보지 못한 호사스러운 휴가를 이곳에서 몽땅 누리는 것 같았다.

"할머니, 어떤 목적으로 누구를 만나러 탈북을 계획하셨나요?"

"먼저 온 딸이 오라고 돈을 보내줬고, 아직 살아 계신 아버지를 만나러 왔습니다."

늙은이를 독방에 가두어두고 아무리 조사를 해본들 매일 같은 말만 되풀이할 뿐 바뀔 내용이 없었다.

"우리 딸 현정이 식구가 여기에 와서 살고 있고, 아버지가 살아 계신다고 했습니다. 내 이름은 장춘실, 우리 아버지 이름은 장동훈입니다."

늙은이라 그런지 독방에 오래 두지는 않았다. 열흘도 안 되어 독방을 면할 수 있었다. 독방도 괜찮았다, 아니 좋았다. 방 안에 화장실이 있는 것에 놀라고, 시도 때도 없이 찬물, 더운 물이 나오는 수돗물에 놀랐다. 더구나 밤낮없이 스위치만 올리면 환하게 들어오는 전깃불에 눈이 부시게 감동할 지경이었다. 북한에서는 배전반도 집마다 달라서 좋은 배전반을 가진 집에는 전기가 더 환하게 들어오곤 했다. 그나마 툭하면 정전이었다.

북한에서는 죽도록 일해서 인정받고 싶었지만, 손톱 만한 작은 틈새라도 보이는 날엔 바로 지적질이 이어졌다. 무거운 등짐을 지고 뇌물을 바치면서 이 동네 저 동네 돌아다니지 않아도 좋은 음식을 먹고 편안한 방에서 잠잘 수 있다니, 꿈을 꾸는 것 같았다. 당 간부는 당당하게 먹고, 대대장은 대놓고 먹고, 보위부는 보이지 않게 먹고, 소대장은 소리 없이 먹는다는 말이 유행할 정도로, 이동할 때마다 알아서 뇌물의 막대를 고여야 하는 번거로움도 없었다. 어린 시절을 빼놓고 일하지 않고도 편안하게 먹고 자는 일은 평생 처음이었다.

아무래도 조사를 받는 동안 모종의 위협은 물론 고문까지 각오하고 있었다. 하지만 똑같은 질문을 반복하기는 했지만,

폭력의 조짐은 보이지 않았다. 대신 잔칫집 같은 밥상을 차려놓고 마음대로 먹으라고 했다. 간식도 풍성했고 음료수도 종류가 많아서 무엇을 선택할지 고민될 지경이었다. 잘 먹여서 어디로 끌고 가는 것은 아닌가, 말도 안 되는 의심이 불쑥불쑥 끼어들었다. 원래도 부드러운 남한 사람들의 말투가 더 나긋나긋하게 감겨왔다. 나누어준 생활필수품에는 사는 데 필요한 것이 하나도 빠짐없이 다 들어 있었다. 평생 이런 선물을 받아본 기억이 없다.

"할머니, 딸이 여기 있다고 했는데, 사위의 이름은 무엇입니까?"

"사위는 김 서방인데, 그 집은 토대가 좋은 집이야요."

"아니, 사위 이름이 뭐냐고 물었잖아요?"

"딸은 현정인데, 사위 이름은 생각이 안 나네요."

"사위도 자식인데 이름도 모르세요? 잘 알아두세요. 사위 이름은 김병곤입니다. 러시아 벌목공으로 갔다가 탈북했어요."

"죄송합니다."

"그럼, 아들 이름은 무엇인가요?"

"동수요, 김동수."

"그 아들 말고요. 북에 있는 큰아들이요."

"생각이 안 나네요. 그 애는 결혼한 후에 따로 산 지 오래

되어서 잘 몰라요."

"그래도 큰아들인데, 이름을 모르세요? 큰딸은 현숙이라고 했잖아요. 왜 큰아들 이름만 생각이 안 납니까?"

"그 애 이름은 생각이 안 나요. 늙은이가 망령이 들었나 보오."

"할머니, 가르쳐드릴까요? 큰아들 이름이 창수 아닌가요, 김창수? 지금 전력 공사 부장이고."

춘실의 심장이 멎는 것 같았다. 아니, 어떻게 다 알고 있지?

"선생님, 제가 무슨 일이든 시키는 대로 할 테니, 그 애는 제발 건드리지 마시오. 그 애는 내가 여기 온 것도 모른단 말입니다. 만일 이 사실이 알려지면 그나마 지금까지 애써서 당원이 된 것도 물거품이 됩니다. 게다가 숙청될지도 몰라요. 그러니 제발 한 번만 사정을 봐주시오. 이 늙은이는 오늘 죽여도 좋소."

숨길 것도 감출 것도 없는 인생인지라 묻는 대로 순순하게 답변해주었다. 다만 북에 있는 아이들에게 피해가 가지 않도록 조치해달라는 한 가지만 간절하게 부탁했다. 국정원에서 조사를 마치고 하나원으로 이동하기 전에 비로소 현정이의 면회가 허락되었다. 현정이는 완전히 딴사람이 된 것 같았다. 얼굴 피부도 뽀얗게 부들부들해 보였고 몇 년 동안 잘 먹고 살았는지 살도 오르고 부잣집 마나님 티가 났다. 같은 사람인데, 사는 곳이 달라지니 좋은 땅에 옮겨 심은 작물처럼 환하게 피어났다.

대한민국 국민이 되기 위해 하나원에서 실시하는 교육과정도 성실하게 다 마쳤다. 은행에 예금하는 법, 대중교통 이용하는 법, 마트 이용하는 법 등등 알아야 할 것이 많았다. '돈이 생기면 은행에 맡기세요. 그래야 돈이 모입니다.' 은행을 이용하는 방법을 가르쳐주면서 예금이나 적금해서 돈을 모으라는 충고는 오히려 생경하게 느껴졌다. 돈이 있으면 내 집 안에 있어야 내 것이지, 맡기는 순간 남의 것일 텐데, 아무리 은행이라 해도 돈 없다고 안 내주면 못 받는 법인데, 이것도 북한 사람들을 속이는 일인가, 매사에 의심이 들었다.

정부에서는 고맙게도 양천구에 있는 임대아파트를 제공해주었다. 방 두 개, 거실 하나, 화장실도 수세식인 고층 아파트였다. 처음에 고층 아파트에 배정되었다는 말이 반갑지 않았다. 고층 아파트라니, 듣는 순간 매일 계단을 오르내릴 일에 걱정이 앞섰다. 공짜로 얻은 집이라 대놓고 불평할 수는 없었지만, 노인에게 일층이나 이층을 줄 것이지 어찌 그 높은 델 걸어서 오르내리나. 이 사람들이 말로만 친절한 척하고, 늙은이에게 전혀 배려가 없구나, 감사의 마음이 슬며시 원망 쪽으로 움직였다.

그러나 막상 도착해보니 고층 아파트는 큰 전기를 쓰는지 엘리베이터가 작동하고 있었다. 하루 종일 전기가 끊기지 않아서 다행이었다. 게다가 네 귀가 반듯한 집이었다. 곧 내려앉을 듯 지붕이 기울어진 집에 살 때는 네 귀퉁이가 반듯한 집에 살아볼 날이 있을까, 그런 생각만으로도 사치를 부리는 것 같았다. 베란다 창문과 부엌의 환기창을 여니, 비행기 바람이 들어와 우려를 말끔하게 날려주었다. 난방을 안 해도 따뜻한 남향집에다 엘리베이터가 밤낮으로 때를 가리지 않고 오르내리니 불편함이 전혀 없었다. 북한에서는 간부가 되어도 얻기 어려운 좋은 집이었다.

현정이가 이사할 때 여러모로 도와주었다. 새것에 가까운 집안 살림살이며 집기 같은 것을 가져다주었고 근방의 교회에서는 어떻게 알았는지 많은 도움을 주었다. 이불이며 그릇이며 자질구레한 살림 도구들을 챙겨주었다. 본 적도 없는 사람들에게 이런 환대를 받다니, 아무리 생각해도 꿈인 것 같았다. 모두가 돌아간 밤, 폭신한 이부자리에 누워 잠을 청했지만 쉽게 잠이 오지 않았다. 제대로 된 이불 하나 없이 거적 같은 누더기를 덮으며 참아냈던 신혼 생활, 아이들을 굶겨 죽이지 않으려고 악착을 떨었던 일들, 고개가 휘어지게 이고 지고 비척이며 걸었던 산길들, 아무리 장사를 잘해도 제 돈 바구니인 양 대놓고 돈을 빼먹던 관리들 때문에 늘 눈치 보고 허덕이며 살아온 삶들이 주마등처럼 스쳐 지나갔다. 아, 이렇게 가까운 곳에 이다지도 다른 세상이 있다는 말인가.

현정이가 처음 제안한 말이 외할아버지 집으로 가자는 거였다. 아버지가 살아 계시다니 놀랍고 반가웠지만, 새어머니와 이복동생들이 갑자기 나타난 늙은 딸을 어떻게 대할까 걱정이 앞섰다. 아버지는 어떤 노인이 되어 있을까? 아버지가 춘실을 알아보기나 할까? 십대 소녀가 아닌 쭈그렁 노파의 모습으로 아버지 만날 생각을 하니 부끄러웠다. 아버지를 만나러 여기까지 왔지만, 막상 눈앞에 닥치니 모두 없던 일로 하고 돌아가고 싶었다. 그렇게 망설이는 춘실의 손을 잡고 현정은 씩씩하게 앞장섰다.

남한에 와서 많이 듣게 된 말이 강남, 압구정 등의 단어였는데, 정말 말로만 듣던 압구정으로 간다고 했다. 남한에서 제일가는 부자들이 산다는 압구정이란 말은 묘한 신비감을 자아냈다. 현정이는 벌써 오 년 전에 입국해서 인천에 살고 있었다. 현정의 남편이 러시아 벌목공으로 갔다가 바로 탈북을 해서 아내와 아들을 데려온 것이다. 현정이가 남편을 찾으러 간다며 아들을 데리고 집을 나간 일에 바로 그런 사연이 숨어 있었다. 현정이는 서울 지리도 잘 알고 인물도 훤칠해서 북에서 온 티가 나지 않았다. 말투를 고치느라 연습도 많이 한 듯, 춘실의 귀에는 오히려 낯간지럽게 간사한 소리로 들렸다.

평양의 지하철은 선전 사진으로는 많이 보았지만 정작 타 볼 기회도 없었는데, 남한에 와서야 지하철을 처음으로 타게 되었다. 지하철 노선도만 봐도 색색깔로 거미줄처럼 어지럽게 얽혀 있었다. 땅 밑을 뚫어서 기차가 다니고 많은 사람이 땅속으로 다닌다니 참 대단한 세상이다. 땅굴 파는 기술은 북한이 세계 제일이라고 배웠는데, 남한이 한 수 위인 것 같았다.

말로만 듣던 압구정역에 발을 디뎠다. 흉악한 산골 봉천에 살던 촌무지렁이가 대한민국의 핵심 노른자 땅 위에 서 있다니 감개무량했다. 그리고 아버지가 이 부자 동네에 살고 있다지 않은가. 과연 아버지는 능력자로구나. 부자 아버지가 춘실을 데려오라고 했다니, 이제 고생은 끝나고 꽃길만 열릴 것이다. 살다 보면 고생 끝에 낙이라고 뜻밖의 행운을 만나는 일이 있다. 춘실은 부푼 마음으로 현정이가 이끄는 대로 중학교 담벼락을 지나서 아파트와 연립주택 그리고 단독주택이 혼재한 신사동으로 내려갔다.

"동네 이름도 참 희한하다. 돈 많은 신사가 사는 곳이라고 신사동이라고 지었나 보다."

"호호, 그럼, 이 동네엔 남자만 살게요? 그러면 여자들 사는 곳은 숙녀동이라고 해야 하나?"

"그렇다는 이야기지. 나는 압구정동이라면 높은 건물들이 하늘을 찌르듯 서 있을 줄 알았는데, 생각보다는 별로다."

"그런 거리는 테헤란로라고 있어요. 나중에 보여줄게요. 그래도 여기는 알짜 부자들이 사는 곳이에요."

"아서라. 내가 빌딩 구경하러 왔니? 아버지 만나러 왔지."

현정이를 따라 걷다 보니 상가 건물들 사이에 유독 마당이 큰 이층집이 한 채 끼어 있었다.

"여기가 외할아버지 집이에요. 혹시 찾아올 때는 압구정역 2번 출구로 나와서 신구중학교 후문 쪽이라고 외워두세요. 잘 모르면 주소 가지고 물어보면 돼요. 저기 학교 운동장과 중국집도 보이죠. 잘 봐두세요."

현정이 손에 주소를 쥐여주며 주변을 일러주었다.

"우리가 갑자기 찾아와서 어떨지 모르겠다."

설렘과 두려움이 교차했지만 그래도 설렘이 더 컸다. 용기를 내서 벨을 누르는데 손이 덜덜 떨렸다. 이윽고 인터폰에서 낯선 음성이 누구냐고 물었다.

"전에 찾아왔던 사람인데요. 엄마를 모시고 왔습니다."

망설이는 듯싶더니 이윽고 문이 열렸다. 마당을 지나 현관 앞 계단을 오르는 짧은 시간이 한없이 길게 느껴졌다. 아버지는 과연 어떤 모습일까? 정말 내 아버지가 맞는 것일까? 혹시 동명이인이 아닌가?

현관까지 나온 아버지의 얼굴을 보는 순간, 형용할 수 없는 슬픔이 차올랐다. 아버지는 상상했던 것보다 더 젊고, 정정했다. 구십을 바라보는 노인이 딸보다 더 멀끔했다. 춘실도 기껏 차려입고 갔지만 오히려 촌티만 더 드러내는 것 같았다. 순간 부끄러웠다. 그런데 무엇이 부끄럽지? 부자 아버지 만나는 게 부끄러운가? 아버지보다 더 늙어 보이는 게 부끄러운가? 그건 내 잘못이 아니지 않은가?

아버지는 그녀를 '담내야'라고 부르며 대번 알은체를 했지만, 그 뒤에 서 있던 노파의 눈초리는 매서웠다.

"그간 얼마나 고생이 많았니? 네 딸이 너를 이렇게 데려오다니 정말 대견하다. 내가 살아서 너를 보는구나."

그리고 북에 있는 남동생의 안부를 물었다. 남동생은 아버지에 대한 기억도 없을 터였지만 잘살고 있다고 대답해주었다. 어색한 시간을 보내고 차를 한잔 마시고 돌아온 것이 그날 만남의 성과였다. 뭔가 허탈했다. 적어도 새어머니가 낳았다는 이복동생들이라도 소개해주리라 기대한 것이 잘못이었을까. 환영할 준비를 못했다면, 집이 아니라도 식당에 가서 먹자고, 그것도 어렵다면 그 흔한 짜장면이라도 시켜 먹자는 말이 그렇게 어려웠을까. 아버지를 만났다는 기쁨보다 서운한 마음이 더 커지고 있었다.

"왜 외할아버지는 자기가 데려오라고 해놓고 내가 데려왔다고 하지?"

돌아오는 길에 현정이 불만스럽게 말했다.

"사정이 있겠지. 갑자기 늙은 여자가 나타나서 딸이라고 하니 새어머니가 얼마나 놀라겠니? 입장을 바꿔서 생각하면, 이해할 만도 하다."

"그래도 밥이라도 먹고 가라고 잡을 줄 알았는데, 참. 부자들이 더 독해. 그럼, 할아버지는 엄마 데려올 때 쓴 돈을 안 줄 작정인가 봐."

"대체 돈이 얼마 들었기에 맨날 돈타령이냐? 너도 여기서 몇 년 살더니 자본주의 물이 아주 단단히 들었구나."

"천삼백만 원."

"아이구, 나는 그렇게 큰돈은 본 일도 없고, 앞으로도 만져 볼 가망이 없는데 어떻게 하니?"

"하나원에서 나올 때 정착금 준 것으로 제하면 돼요. 엄마 통장을 내가 가지고 있으니, 그 통장에서 자질구레한 것 사느라고 쓴 비용하고 이자까지 쳐서 천육백만 원을 제하고 나머지는 아파트 관리비 내야 하니 내가 계속 관리할게요."

"통장을 관리하기 어려울 거라며 네가 대신 관리해준다는 말이 이런 거였구나. 네 마음대로 해라. 네가 쓴 돈은 당연히 가져가야지. 나는 은행에 갈 줄도 몰라."

말은 그렇게 했지만 괘씸하고 야속했다. 당시에는 정착금이 이천만 원 정도 나올 때였다. 정착금에 맞춰 브로커의 수고비도 정해졌을 것이다. 자식이 아니라 자본주의 정신이 뼛속까지 배어든 괴물이로구나. 아버지에 대한 서운함이 딸에 대한 분노로 바뀌고 있었다.

 그다음부터 춘실은 스스로 생활비를 벌어야겠다고 결심했다. 큰돈은 아니지만 여기저기 작은 돈을 벌 기회를 비슷한 처지에 있는 사람들이 가르쳐주었다. 모란학원에 다니면 한 달에 삼십만 원을 준다고 해서 아침에는 학원에 가서 졸고, 밤중과 새벽에는 폐지를 줍는다. 모란학원뿐 아니라 컴퓨터학원, 송내학원 등등 출석만 제대로 하면 돈을 주는 학원들이 있다고 해서 이런저런 학원에 등록해두었다. 가서 뭘 배우려는 의지가 부족하니 강사가 아무리 열을 내서 설명해도 도통 무슨 소리인지 이해되지 않았다. 그냥 학원 의자에 몸을 부리고 앉아 있는 동안에도 다음에 무엇을 해서 돈을 벌어야 할까, 그 생각에 골몰했다.
 협조적인 마트 주인이 가게 앞에 박스를 쌓아두겠다고 해서 새벽에 일찍 거두어오기로 했다. 그것도 열심히 하니 한 달에 삼십만 원이라는 큰돈이 되었다. 물론 마트 여주인과 반씩 나누는 조건이었다. 일요일에 교회에 가면 밥도 잘 주고 특별히 한 달에 십만 원, 이따금 명절이 끼면 이십만 원씩 용

돈도 준다. 이북5도청에서 하는 행사에 참여해도 이것저것 주는 게 많았다.

노인이라고 나라에서도 돈이 나오는데 통장으로 들어가는 돈은 딸이 관리한답시고 구경도 못했다. 동사무소에서 쌀도 주고, 가끔 김치도 가져다주니 특별히 돈이 들 일이 없었다. 재활용 쓰레기통에 성한 옷이 많아서 굳이 옷을 사 입을 필요도 없었다. 웬만한 것들은 다 주워다 쓸 수 있었다. 보기에 멀쩡한 것들이 쓰레기로 쌓여 있으니, 너무 낭비가 심하다는 생각도 들었다.

사는 것이 익숙해지고 차차 적응하자 자연스럽게 막내아들 가족을 데리고 오고 싶었다. 성실한 막내는 이 땅에 오기만 하면 살길이 열릴 것이다. 그 땅에서는 아무리 열심히 일해도 배곯을 것이 뻔했다. 경제 사정이 점점 안 좋아지고 있다는 말에 고난의 행군 시절이 되살아나면서 걱정이 앞섰다. 게다가 엄마와 누나가 탈북했다는 사실이 알려지면, 그 아이의 입지는 점점 줄어들 것이다.

남한에서 집도 주고, 소소한 것도 나누어주고 돈도 주니, 따로 일하지 않아도 춘실 혼자 몸은 먹고살 수 있었다. 그러나 남한의 마트에 쌓여 있는 풍족한 먹을 것을 볼수록 저절로 북한의 자식 생각이 났다. 그래서 브로커를 통해, 엄청나게 아껴 살면서 모은 돈을 북한에 보낸 적이 있다. 브로커가 전달 해주는 대가로 30퍼센트를 가져가는 것이 정설로 되어 있었다. 때로는 반 정도밖에 전달이 안 된다고 했다. 그래도 본인이 받았다고 확인하는 절차가 있기에 반을 떼더라도 제대로 전달만 된다면 보내고 싶은 게 남한에 살고 있는 북한 주민들의 심정이었다.

처음 일 년 동안 닥치는 대로 일을 해서 돈을 보냈다. 허투루 쓰지 않고 아끼니 돈이 제법 모였다. 이런 세상에서 열심히 일하지 않고 나라 탓을 하는 인간들이 있다는 게 이상할 정도였다.

브로커를 통해 아들에게 직접 보내려다 아들의 신분이 위험하게 될까, 걱정되어서 더 멀리 떨어진 곳에 사는 남동생을 생각했다. 어렸을 때부터 업어서 키운 동생이지만 장가가더니 이미 남처럼 된 지 오래였다. 30퍼센트는 브로커에게 준다 해도, 동생이니 돈을 받아서 20퍼센트는 쓰고, 50퍼센트는 막내아들에게 전해주라고 신신당부했다. 그러면 막내아들의 형편도 좀 나아지리라. 그런데 그게 착각이었다.

한참 후에 어렵사리 연락을 해보니 막내는 한 푼도 받지 못했단다. 외삼촌에게 돈을 보냈다고 기별했으니, 아들도 기다렸을 것이다. 막내아들이 기다리다 못해 외삼촌을 찾아갔더니 하는 말이 가관이었다.

"어머니가 외삼촌께 돈을 보냈다고 하셨는데, 통 기별이 없어서 제가 직접 왔습니다."

"그래, 돈이 와서 잘 받았다. 누이가 남조선에 가서 부자 아버지 찾았으니, 분명 아버지가 돈을 주었을 테지. 늙은 누나가 거기서 무슨 재주로 이 큰돈을 번단 말이냐. 그분은 누나 아버지뿐 아니고 내 아버지도 되는 것 아닌가. 그러니 아버지의 돈을 아들인 내가 쓴 게 무슨 잘못이란 말이냐? 촌수로 따져도 아들이 가깝니, 외손자가 가깝니?"

"그 돈은 어머니가 직접 일을 해서, 힘들게 벌어서 저에게 보낸 것입니다. 전해준 사람에게 30퍼센트를 주고, 외삼촌이 20퍼센트, 제가 50퍼센트를 가지라고 하셨습니다. 어머니 돈이에요."

"그 말을 누가 믿겠나? 누이가 자기 자식 생각하느라 그렇게 말한 것이지."

외할아버지는 한 푼도 보탠 것이 없다고 아무리 이야기해도 소용없었다. 남조선에서 온 돈은 부자 아버지가 보내는 것이라고 우김질하는 데는 당할 수 없었다. 돈을 보낼수록 동생네 집 살림만 펴질 뿐, 춘실의 자식들에게는 아무런 혜택이 없었다. 외삼촌의 집안 살림이 바뀌고 그 집안사람들의 신수가 훤한 것이 어머니의 돈이 다 그리로 간 때문이었다. 그 소식을 듣자, 춘실은 화가 끓어올랐다. 그래도 남이 아니고 동생네 살림이 좋아졌으니, 그걸 다행이라고 해야 하나, 이제

동생과도 연을 끊을 때가 된 것 같다. 어려서부터 업고 다니면서 먹을 것이라도 생기면 자기 입보다는 동생의 입에 먼저 넣어주었던 일이 참 허망했다. 설사 아버지 돈이라 해도, 누나가 나눠주라고 부탁했으면 조카에게 조금이라도 보냈어야지, 배은망덕한 인간이다.

남한에서 분을 삭이며 속을 태울 게 아니라 아들을 데려와야 할 것 같았다. 전화 한 통 연결하는 데도 막대한 비용이 들어가지 않던가. 그도 그럴 것이 아들을 국경 근처로 데려오는 일도 만만치 않았다. 여행 증명서를 받아야 하고 열 개쯤 되는 11초소를 통과할 때마다 뇌물을 주어야 한다. 그렇게 와서 중국 휴대폰으로 국제전화를 해서 서로를 연결해주는 일이니 당연히 위험 비용을 부담해야 한다. 그렇게라도 막내아들의 목소리를 듣고 싶었다. 그러나 이런 일을 당하고 보니 이왕 내친김에 악착같이 돈을 모아서 막내아들을 데리고 올 비용을 장만하리라 결심했다.

마음을 정하자 더 조급해졌다. 하루빨리 데려와야 하는데, 상황이 안 좋다면서 브로커가 요구하는 몸값이 점점 올라가고 있었다. 밤낮 가리지 않고 일하고, 염치 불고하고, 낄 데 안 낄 데 가리지 않고 얼굴을 내밀었다. 닥치는 대로 후원금을 받고, 교회 행사나 탈북민을 위한 행사를 다 쫓아다녀도 아들 부부를 위한 이천만 원이 넘는 큰돈을 마련하기 어려웠다. 절반이라도 마련해야 나머지는 여기서 받을 정착금으로 충당할 수 있었다.

궁즉통이라더니, 춘실을 잘 아는 고향 동무가 오백만 원을 선뜻 빌려주었다. 목숨이 붙어 있는 한, 춘실은 돈을 갚을 위인이라는 이유에서였다. 주변의 아는 사람에게 닥치는 대로 모조리 돈을 꾸었다. 적게는 오십만 원에서, 많게는 오백만 원까지, 겁 없이 돈을 꾸었던 저변에는 일하다 병들어서 죽으면 그만이라는 자포자기 심정이 깔려 있었다. 그런데 아들과 며느리 그리고 손자까지 세 명을 탈북시키려면 삼천만 원이 넘게 필요하다고 했다. 아무리 닥치는 대로 돈을 꾸어도 이천만 원도 마련할 수 없었다. 국경을 넘는 데 삼분의 일, 탈북 루트를 따라가는 데 삼분의 일, 그리고 대한민국에 무사히 도착하면 나머지 돈을 주어야 한다. 나중에 갚겠다고 아무리 사정해도 통하지 않았다.

결국 며느리와 손자는 국경을 넘겨 중국에 놔두고 일단 아들만 보내겠다는 연락을 받았다. 춘실은 발을 동동 굴렀다. 돈이 마련될 때까지 며느리는 손자와 함께 중국에 머물겠다고 해서 할 수 없이 아들만 먼저 오기로 했단다. 손자는 남자아이니까 인신매매를 당할 위험이 적지만 며느리는 인신매매단에 넘겨질 위험이 있었다. 운 좋게 식당이나 공장에 들어가서 일을 한다면 다행이겠으나, 당장은 브로커에게 사정해서 먹여 살려주기만 하면 돈이 되는 대로 하숙비까지 다 쳐주고 데려오겠다고 통사정했다.

피가 마르는 것 같았다. 아무리 생각해도 기댈 곳은 아버지밖에 없었다. 가서 무릎을 꿇고 빌어서라도 돈을 얻어야 했다. 춘실은 거의 실성한 사람처럼 아버지 집을 찾아갔다. 창피고 염치고 따질 겨를이 없었다. 여자로서는 못 할 일이지만, 어머니로서는 무슨 일이든 할 수 있다. 그러나 아무리 벨을 눌러도 문을 열어주지 않았다. 굳게 닫힌 철문 앞에서 통곡하고 있으니, 새어머니가 밖으로 나왔다.

"왜 오지 말라는데 자꾸 찾아와서 이렇게 말썽을 부리는 거야? 나는 이 양반이 총각이라고 해서 결혼했어. 호적에도 그렇게 되어 있고. 북한에서 홀로 와서 외롭다고 하기에 먼 친척들에게도 할 만큼 했어. 그런데 갑자기 나타나서 딸이라고 우기니 말이 되냐? 차라리 양딸이라고 해."

"어머니, 지금 내 아들을 데려와야 하는데 돈이 모자라요. 그것만 부탁드리려고 왔어요. 지금 며느리와 손자가 중국까지와 있는데 여기까지 넘겨줄 돈이 부족해서요. 꼭 갚을게요. 한 번만 사정을 봐주세요."

"거봐. 결국 돈이잖아. 아닌 척하면서 결국 돈 달라는 거잖아. 처음부터 돈을 달라고 사정해야지, 왜 자식인 척하는 거야?"

"어머니, 말씀대로 양딸이라고 할게요. 이번 한 번만 봐주세요. 아이들만 데려오면 다시는 나타나지도 않을게요."

춘실은 대문 앞에서 무릎을 꿇고 빌었다.

"저번에 재판할 때, 네 어머니가 이은재라고 했다며? 그럼, 이길재는 누구야?"

"전쟁 때 군대 갔다가 행방불명된 외삼촌인데요."

"그래? 그렇다면 이 영감탱이가 자기 처남을 친척이라고 속였구나. 그것도 모르고 그 집 식구들을 건사해준 내가 미친 년이지. 하긴 총각이라고 나를 속였으니, 처남이라는 말을 못 했겠지."

"외삼촌이 살아 있나요?"

뜻밖에 소식에 갑자기 눈물이 뚝 그쳤다.

"인천에 살다가 진작 죽었어. 순 거짓말쟁이들 같으니라구."

새어머니는 사납게 문을 닫아걸었다. 그 순간 쿵 하고 마음의 문도 닫혀버렸다. 문을 닫아걸던 날카로운 금속성의 소리는 춘실의 마음에 깊은 상처를 냈다. 그 상처에서 흐른 피는 마음속 깊은 곳에 고여 앙금으로 가라앉았다. 피를 팔아서 가능한 일이라면 온몸의 피를 다 뽑아주고라도 아들 가족을 데려오고 싶었다. 이제는 외삼촌이 살아 있다고 해도, 반길 사람이 아무도 없다.

울며불며 미친 사람처럼 돌아다니며 아는 사람들을 붙잡고

7장 마침내, 강을 건너다

통사정해서 어렵게 돈을 마련할 수 있었다. 죽도록 일을 했는데, 죽지도 않고 결국 그 돈을 다 갚도록 등골이 휘게 일만 했다. 그렇게 해서 아들 내외와 손자까지 대한민국에 무사히 올 수 있었다.

부자 아버지에게 전혀 기대를 안 했다면 거짓말이다. 워낙 부자라고 하니 어느 정도 떡고물을 바라는 것은, 어쩌면 당연한 일 아닐까. 하지만 아버지는 전혀 돈을 주지 않았다. 유전자 검사를 하고 호적에 맏딸로 올라간 이후로는 오히려 아버지의 얼굴조차 볼 수 없었다. 신사동 집으로 아버지를 만나러 갔지만 문전박대를 당하기 일쑤였다. 명절에 인사를 드리러 가기도 전에, 오지 말라고 미리 연락이 왔다. 명절에 새어머니 친척들이나 친구들이 초라한 자신을 보면 창피할 거라는 생각에 명절을 피해 찾아갔지만, 아버지가 집에 없다는 말만 되풀이했다. 하긴 새어머니 본인은 초혼인 줄 알고 결혼했고 호적에도 그렇게 되어 있는데, 갑자기 둘째 부인이 되었으니 미운 맘도 들었을 것이다. 어느 날은 아버지 집 근처에서 종일 서성인 일도 있었다. 그러나 아버지의 그림자도 볼 수 없었다.

현정은 남한에서도 친구를 많이 사귀어서 여기저기 귀동냥으로 얻어들어 아는 것도 많았다. 어떻게 알아냈는지 아버지의 재산 목록을 만들어 왔다. 많은 재산이 이미 명의 이전이 끝난 상태였다.

"변호사에게 물어보니 재산 규모가 시가로 약 수백억이 된답니다. 엄마가 호적에 등록된 2011년 이후에 명의를 이전한 재산에 대해서는 반환 청구 소송이 가능하대요. 엄마가 큰딸이니 엄마 지분이 있어서 상속재산을 요구할 수 있어요."

"아서라, 상속이라니. 살아 계신 분이 죽기를 바라는 끔찍한 생각이다."

재산 목록을 보니 아버지가 살기는 강남 신사동에 사는데, 신설동 근처 황학동에 건물이 세 채나 있었다. 그리고 서초구 원지동 등산로 입구에 대지가 제법 큰 건물이 한 채 남아 있었다. 나머지 재산은 이미 명의 이전이 끝난 상태였다. 그다음부터 딸과 아들 그리고 외손자까지 합세해서 황학동으로 건물을 찾으러 나섰다. 삼층 정도의 소위 꼬마빌딩들이 멀지 않은 거리에 맞닿아 있었다. 주방용품, 주물 등등 정신없이 물건이 쌓여 있는 골목은 지저분하기가 이루 말로 할 수 없었다. 남한에서 제일 못사는 사람들이 개미처럼 바지런하게 우글거리는 것 같았다.

"여기 주인이 자주 오나요?"

건물에 세 든 가게 주인들을 붙잡고 물어봐도 뜨악한 반응이었다.

"월말에 세를 받으러 둘째 아들이 와요. 그때 기다렸다 만나보세요."

누군가 친절하게 귓속말로 일러주었다. 그래서 월말이 되면 그 건물들 주변에서 서성거렸다. 세 개의 건물은 다행히 서로 멀리 떨어져 있지 않았고, 그중 하나는 코너에 있었다. 워낙 골목이 복잡했기 때문에 사람을 피해서 건물들 사이를 왔다 갔다 서성거리기를 수일째, 어느 날 정말 꿈처럼 둘째 아들이 나타났다. 재판할 때 얼굴을 보았고 유전자 검사 때도 만난 일이 있어서 한눈에 알아볼 수 있었다. 춘실은 가게 앞에 서 있다가 다짜고짜 그의 팔을 잡아챘다. 그가 움찔 놀라서 뒤로 물러섰다.

"엄마가 달라도 아버지가 같으니, 니가 내 동생이 맞지? 아버지가 어디 계신가, 그것만 좀 알려줘. 아버지 얼굴이라도 보게."

그는 이내 표정을 수습하더니 아버지는 잘 계시니 걱정하지 말라고 했다.

"얼마를 원하세요? 2억까지는 합의할 용의가 있습니다."

"지금 돈이 문제야? 아버지 얼굴 보는 게 문제지."

그는 가족과 상의해보겠다며 손을 세차게 뿌리치고 종종걸음으로 멀어져갔다. 참 이상한 종자들이다. 돈이 많다면서 왜 그렇게 옹졸하게 굴까, 무척 섭섭했다. 뭐 하러 남한에 와서 이 수모를 당하는지 모를 일이다.

"우리가 거지야? 2억을 받고 떨어지라는 거지. 법적으로 해도 엄마의 몫이 100억은 된답니다."

현정이가 또 나선다.

"너무 욕심부리지 마라. 우리가 돈 때문에 그 위험한 길을 온 것은 아니지 않냐. 그 애가 나를 보고 놀라 당황하는 걸 보니, 그래도 내가 누난데 몹쓸 짓을 하는 것 같아서 하마터면 다 그만두자고 할 뻔했다."

"그러니까 엄마는 가만히 계세요. 그것들 하는 짓이 괘씸하잖아요. 그 대부자가 2억이 뭐야. 10억이라면 몰라도."

"야, 만일 10억을 받는다 해도 그게 너희들 돈이냐? 우리 아버지가 나에게 주는 내 돈이지. 왜 공돈에 욕심을 부려? 사지육신 멀쩡하면 열심히 일을 해서 먹고살아야지."

"엄마, 그렇게 생각하시면 안 돼요. 그 돈은 할아버지 때문에 우리가 받아야 할 피해 보상금이라고요. 할아버지가 남한으로 뛰어서 이렇게 부자가 될 동안, 우리는 쓰레기 인생을 살았잖아요. 그걸 누구에게 보상받아요? 여기 있는 삼촌들과 이모는 강남에서 부자로 잘살았고, 지금도 할아버지 재산 가지고 세 받으면서 떵떵거리며 살잖아요. 똑같은 할아버진데 우리는 할아버지 때문에 학교도 못 다니고, 당원도 못 되고, 온갖 수모를 다 받고 살았잖아요. 그거 할아버지가 보상해야 해요. 10억 정도 돈이 있어야 집도 장만하고 가게 터라도 잡을 거 아니에요. 여기서는 그 정도는 있어야 사람답게 살 수 있다고요."

현정이가 눈을 사납게 뜨고 대든다.

"하는 짓을 보니 너나 그 집 식구들이나 한 치도 안 틀리고 똑같구나. 돈에 미쳐서 눈에 뵈는 게 없는 모양이, 칼만 안 들었지, 날강도와 똑같아."

춘실이 한숨을 깊게 쉬었다. 아무리 해도 한숨밖에 나올 게 없었다.

"나는 솔직히 불만 없어요. 여기에서는 열심히 일하면 일한 만큼 대가를 주잖아요. 내 몸을 내 마음대로 써도 뭐라고 하는 사람도 없고. 우리는 그동안 월급이라는 걸 받아본 일이 없었잖아요. 목욕비나 이발비 하라고 생활비 조로 몇천 원 주는데, 그것도 핑계만 있으면 안 주잖아요. 여기서는 일하는 대로 돈이 들어와요. 그러니 일할 맛도 나고 살 만해요."

순둥이 막내가 작업복을 털고 일어나며 말했다. 그다음에 신사동 집에 찾아갔지만, 벨을 눌러도 응답이 없었다. 황학동에서 기다려봤지만, 동생의 얼굴을 마주칠 수도 없었다. 가족관계증명서를 떼서 아버지의 생사를 확인하는 일을 시작한 게 바로 그 무렵이다.

처음에는 한 달에 한 번쯤 서류를 확인했다. 서류상 아버지는 살아 있었다. 그렇다면 구십을 훌쩍 넘긴 나이다. 아무 때 사망한다 해도 전혀 이상할 게 없는 연세다. 꿈자리가 뒤숭숭하면 돌아가시지나 않았을까, 생각에 생각이 꼬리를 물고 이어지다가, 어디엔가 갇혀 계실지도 모른다는 불길한 느낌이 들면 가족관계증명서를 떼러 발걸음을 옮겼다. 어느 날 가족관계부에 '사망'이라는 글씨가 눈을 찌르듯 다가왔다. 아버지가 결국 돌아가셨구나. 깜짝 놀라 정신이 혼미했다. 어쩌면 연락도 없이 장례를 치렀을까. 그래도 내가 맏딸인데, 서러움과 서운함이 동시에 복받쳐 다리가 후들거렸다.

　정신을 수습하고 자세히 들여다보니 아버지가 아니라 새어머니가 사망한 것이었다. 하긴 새어머니도 팔십이 넘었으니 그럴 수 있겠다 싶었다. 그래도 어머니인데, 연락도 하지 않은 그들이 야속했다. 아버지가 돌아가시지 않아서 다행이다 싶으면서도, 아버지는 대체 어디에 계신 것인가, 걱정되었다. 이런저런 생각에 그날 발길은 하릴없이 압구정역으로 향했고 신사동 집 앞까지 이어졌다. 그 집에 가봤자 아버지를 만날 가능성은 없었지만 그래도 아버지가 살던 집이나마 보고 싶었을까. 그런데 집이 사라졌다.

　정확히 말하면 집이 사라진 것이 아니라 담이 헐리고 차고가 있던 자리에 옷 가게가 들어와 있었다. 차고의 형태는 그대로인데 셔터 대신 유리 벽으로 바뀐 진열장 안에 걸려 있는 옷들이 밖에서도 잘 보였다. 나무들은 흔적도 없이 사라졌고

잔디 대신 초록색 페인트가 칠해진 마당은 주차장으로 바뀐 듯 주차선이 그어져 있었다. 현관으로 이어지는 다섯 개의 계단은 그대로인데, 그 위에 '카페'라는 작은 입간판이 세워져 있었다.

현관 옆, 거실 창문 앞 긴 베란다에 화분이 줄지어 놓여 있었지만, 색 바랜 붉은 기와지붕이 오히려 스산해 보였다. 집의 형태는 그대로인데 다만 창문이 더 커진 것 같았다. 아버지의 서재가 있던 이층 창은 통유리 창으로 시원하게 뚫려 있었다. 마당의 초록 페인트가 군데군데 벗겨진 것으로 보아 이미 카페로 변한 지 꽤 시간이 흐른 것 같았다. 카페에 들어가서 자초지종을 묻고 싶었지만, 그 문은 초라한 행색의 늙은이에게 영원히 열리지 않을 것 같았다.

8장
누가 오라고 했나?

 종로에서 뺨 맞고 한강에다 화풀이한다는 말처럼, 춘실은 지하철로 내려가는 계단 손잡이를 하릴없이 손으로 때리며 화를 삭였다. 막상 그 카페에 들어가 이 집이 언제부터 상업시설이 되었나, 지금 주인은 누구인가 묻지도 못하고 돌아오는 자신이 바보 천치 같고 처량했다. 그런 걸 물으러 다니면 돈에 환장해서 목숨을 걸고 남한까지 온 탈북자라고 손가락질을 받을까 두려운 마음도 있었다. 저쪽에서는 탈북민을 조국을 배신한 반역자라고 칭한다. 어려움을 같이 이겨나가야지, 남한에 연줄이 있다고 조국의 어려움을 외면하고 도망치는 치사한 종자라고도 한다. 그러므로 '월남자' 가족들을 경계한 것이 결국 옳았다고 자화자찬할 것이다. 반동의 새끼는 결국 반동 짓을 한다고 몰아세울 것이다.
 춘실은 자신이 남한에 와 있는 것이 큰아들과 큰딸에게 누가 될까, 그것이 걱정이었다. 큰딸이야 아오지 탄광과 다를 바 없는 밑바닥 생활을 하고 있으니 더 나빠질 게 없다. 화전으로 떠돌아다니며 숯 장사를 했는데, 벨 나무가 없으니 그 일도 못 할 것이다. 큰아들은 이미 관계를 끊고 살다시피 해서 별 탈은 없을 거라고 스스로 위로해본다. 그 애는 가까스로 당원이 되었고 철두철미 충성하고 있으니 늙은이 하나가 사라졌다고 해서 무슨 문제가 있을까. 만일에 대비해서 막내아들도 역시 이백오십만 원이라는 거금을 들여서 퇴거를 정리하고 왔다. 남아 있는 동기간, 특별히 형에게 피해를 주지 않기 위해서 아예 사망 신고를 해버린 것이다.

춘실은 돌아오는 길에 곰곰이 생각해본다. 만일 아버지 식구들이 좀 더 살갑게 대해줬더라면, 아버지가 돈이라도 듬뿍 주었더라면 무엇을 했을까. 그동안 돌아보지 못해 미안하다고, 북한 땅에 남아 고생했다고 돈으로라도 보상해주리라는 기대가 자신에게는 조금도 없었을까? 아버지가 부자라는 말을 듣지 않았다면, 과연 남한까지 아버지를 찾으러 올 엄두를 낼 수 있었을까? 자신에게는 아버지의 돈으로 자식들을 살려보려는 마음이 전혀 없었을까? 남한에만 오면, 부자 아버지를 만나면, 만사가 해결될 것이라는 생각이 진정 없었을까?

정도의 차이만 있을 뿐 남한도 유토피아는 아니었다. 새벽 찬바람을 맞으며 폐지 실은 손수레를 끌다 보면 다른 건 몰라도 일복 하나는 제대로 타고났구나, 한숨이 나왔다. 양천구 목동의 임대아파트 건물 사이를 훑고 지나가는 바람이 길가의 먼지와 쓰레기를 날리는 풍경을 물끄러미 바라보면, 참으로 쓸쓸했다. 어쨌든 죽을 때까지는 여기서 살아야 하는데 온통 시멘트 땅이라 그런지 뿌리가 쉽게 내리지 않았다. 뿌리를 거부하는 단단한 무엇인가가 춘실을 가로막고 있었다. 무엇이라고 말할 수 없는 서러운 눈물이 흘렀다.

"엄마, 만일 할아버지가 돌아가셨으면 어떻게 하죠?"
막내아들이 조심스럽게 운을 뗐다.
"그럼, 가족관계부에 사망이라고 나오겠지."
"만약 사망 신고를 하지 않았다면……"
"사망 신고를 안 하면 걸릴 텐데? 그게 형사 사건인가, 민사 사건인가?"
대한민국에 온 지 가장 오래되었다고 현정이가 아는 척을 한다.

그때부터 불안감이 더 커졌다. 과연 아버지는 살아 계실까. 그래서 더 자주 동사무소로 발걸음을 옮겼다. 서류상 아버지는 여전히 살아 있었다.

"도대체 아버지를 어디다 빼돌렸을까?"
아버지의 생사를 알 수 없으니 다른 것은 다 양보하고 아버지의 얼굴이나 한번 보고, 자초지종을 듣고 싶었다. 날이 갈수록 초조가 엄습했다. 이제 돈은 중요하지 않았다. 아버지를 한 번이라도 만나서 그동안 가슴에 담았던 말을 나눌 수 있다면 족할 것 같았다. 경험에 의하면, 돈이라는 건 살아 있어서 제 마음대로 돌아다니는 것 아닌가. 복이 그것뿐이라면 들어왔던 돈도 다 나가버리지 않던가.

"야, 이제 할아버지 유산에 신경 쓰지 말고 각자 열심히 일해서 살아라. 손자 교육을 위해서라면 나도 유산을 받아서 너희들에게 주고 싶지만, 이거 기다리고 있다가 해 저물겠다. 정신 차려야지. 내 돈이 될 거라면 나갔던 돈도 때가 되면 도로 들어온다. 내 돈이 아닌 것은 어떻게 하든 빠져나가고 말아. 내가 오랫동안 장사하면서 깨달은 이치다. 돈은 살아 있어. 그래서 제가 알아서 돌아다니는 거야. 돌아다닌다고 '돈' 아니냐? 올 때가 되면 알아서 들어와. 틀림없어."

"아무리 그렇다고 해도 너무하네. 그 많은 돈을 조금만 나눠줘도 될 텐데. 이럴 거면 왜 엄마를 데리고 오라고 했는지 참 궁금하네."

현정이가 툴툴댔다.

"할아버지도 그러셨다잖아. 설마 이렇게 나올 줄은 몰랐다고. 그동안 할머니가 친척들에게 꽤 잘하셨대요. 북에서 오신 분들 보면 도와주고, 할아버지 친지들이 찾아오면 포대기도 사주고, 쌀도 사주고, 많이 도와주셨대요. 그래서 자식이 오면 더 인정을 쓸 줄 알았다고 하시더래."

"기가 막혀. 남은 도와주면서 피붙이는 외면하는 건 무슨 도리인데?"

"피붙이니까, 너무 많이 나갈 것 같으니까, 지레 겁을 먹은 거지. 몇만 원, 몇십만 원이 아니라 억이야, 억. 그것도 일이 억이 아니고 백억. 그러니 가만히 앉아서 재산이 없어지는 걸 보고 있겠어?"

새어머니, 즉 아버지의 부인은 이미 사망했다고 기록되어 있었다. 그러나 아버지는 서류상으로 아직 생존 중이다. 재산이 많은 아버지가 돌아가시면 적어도 60억이라는 엄청난 돈이 그녀의 몫이라고 했다. 새어머니와 맏딸 춘실에게 지분이 가장 많다고 하는데, 사실 그녀는 6억과 60억의 차이를 모른다. 그녀에게 가장 큰돈의 단위는 만 원이었고 천 원도 알뜰하게 아끼며 살아왔기에 억이라는 돈은 뉴스에서나 들어본 단위였다. 그렇게 큰돈은 만져본 적도 없고 꿈도 꾸어본 적이 없었다.

"아무래도 할아버지가 돌아가셨을 것 같아요. 저 사람들이 무슨 꿍꿍이가 있어서 사망 신고를 하지 않았을 거라는 예감이 들어요. 우리도 말만 하지 말고 법적인 절차를 밟아야 해요."

말은 그렇게 했지만 누가, 어디서 그런 복잡한 절차를 진행할 수 있을까. 그래도 발이 빠르고 머리가 잘 돌아가는 현정이가 여기저기 찾아다니면서 무료 법률 상담도 받고, 법률구조공단의 국선 변호사에게 도움을 청했다.

현정이 가져온 서류는 '상속을 받지 못한 상속인인 북주민의 상속회복청구와 상속재산반환청구'라는 이름도 긴 남북가족특례법에 관한 것이었다.

남북가족특례법 제11조(상속회복청구에 관한 특례)

남북 이산으로 인하여 피상속인인 남한 주민으로부터 상속을 받지 못한 북한 주민(북한 주민이었던 사람을 포함한다) 또는 그 법정대리인은 '민법' 제999조 제1항에 따라 상속회복청구를 할 수 있다. 이 경우 다른 공동상속인이 이미 분할, 그 밖의 처분을 한 경우에는 그 상속분에 상당한 가액으로 지급할 것을 청구할 수 있다.

읽어봐도 내용은 잘 알 수 없었지만, 하여튼 북한 주민도 남쪽에 유산을 청구할 수 있다는 신기한 법이 있었다.
"전에 북한 주민이 대리인을 통해서 남한의 아버지에게 상속 청구 소송을 냈었대. 당시에는 아무도 생각하지 못한 일이었지. 그래서 친자확인 절차를 거쳐 상속이 되었나 봐. 그런데 그렇게 모든 북한 사람이 조직적으로 상속 청구를 하면 남한의 재산이 북한으로 넘어가게 되잖아. 그래서 재산권 행사를 제한하는 법도 만들어졌다는데."

"세상에, 우리가 상상도 못한 법이 다 있구나."

"대한민국은 조선민주주의인민공화국을 합법적인 국가로 인정하지 않기 때문에 법적으로는 한 나라야. 같은 국민이지. 그러니까 북한 주민이 대한민국 법정에 상속 회복 청구를 할 수 있는 구조라고 하더라고. 어쨌든 북한에 있는 사람들에게 그 재산을 어떻게 전달하느냐, 또 사유재산을 인정하지 않는데 어떻게 개인에게 줄 것이냐, 여러 가지 문제가 생겨. 그런데 우리는 대한민국에 있으니까 상속받을 수 있다는 거야."

현정이 신이 나서 설명을 계속했다.

"문제는 무슨 돈으로 능력 있는 변호사를 선임하느냐 하는 건데…… 인권 변호사의 도움을 받을 수도 있지만 과연 저쪽의 막강한 변호사를 어떻게 이길 수 있을까?"

"누나, 우리도 막강한 변호사를 찾아보자. 돈은 이겨서 받을 금액의 일부를 주기로 하면 될 것 같아."

처음에는 별 관심을 보이지 않던 아들까지 입맛이 당긴 것 같았다. 그다음부터 현정과 막내아들 그리고 현정의 아들 외손자까지 여기저기 찾아다니며 춘실에게 동행을 강요했다. 사실 춘실은 변호사 사무실에 발을 들여놓기가 꺼림칙했다.

할아버지의 돈을 받겠다고 눈에 불을 켜고 다니는 모양새도 남 보기에 민망하거니와 자식들의 부푼 기대가 허망하게 무너질 때, 실망할 모습을 상상만 해도 공연히 미안했다.

"현정아, 지금까지 남한에 와서 직장도 구하고 집도 얻고 잘 살았잖아. 그걸로 감사하고 그만두면 안 될까? 주기 싫은 사람에게 억지로 나눠달라고 애걸하기도 그렇고, 우리가 재산을 모으는 데 공헌한 바도 전혀 없으면서 돈 달라고 하기가 낯이 부끄럽다."

"엄마가 그렇게 생각하니까, 일이 안 되는 거예요. 엄마가 당당하게 받을 재산을 왜 못 받아요? 그만큼 고생했으면 돈이라도 챙겨야 하는 것 아니에요? 그리고 할아버지가 월남할 때 집에 있던 금붙이랑 돈 될 만한 것을 다 가지고 갔다면서요? 그걸 밑천으로 부자가 되었다면 당연히 나눠 가져야 맞아요."

그래도 춘실은 여기까지 와서 법적인 싸움을 벌이기 싫었다. 이 나라에 와서 자유롭게 살게 된 것만으로 감사하고 싶었다. 정말이지, 변호사 사무실에 발을 넣고 싶지 않았다. 하지만, 둘째 아들을 한국으로 데려올 돈이 모자라서 아들 내외가 함께 오지 못하고 며느리와 손자가 중국에 남아야 하는 절박한 상황일 때, 한 번만 도와줬더라면…… 그 돈만 대주었더라면, 이렇게까지 하지 않았을 것이다. 그렇게 간절하게 손을 내밀었을 때, 그 손을 한 번만 잡아주었더라면 유산쯤은 깨끗하게 포기했을지도 모른다. 새어머니는 왜 그렇게 박절하게 춘실을 외면했을까? 한 번이라도 따뜻하게 바라봐주었다면 이렇게 치사하고 옹졸한 싸움을 시작하지 않았을 것이다.

"할머니, 2011년에 북한 주민이 서울중앙지방법원에다 남한에 있는 아버지의 상속재산에 대해 소송을 제기한 적이 있어요."

예쁘게 생긴 국선 변호사가 그녀를 바라보며 조용히 말했다.

"아니, 북에서 남한에다 어떻게 소송을 해요?"

"그게, 선교사를 대리인으로 해서 남한에 있는 이복형제들에게 상속분을 달라는 내용이었거든요. 친자 확인하려고 동영상으로 머리카락을 뽑아 밀봉해서 가져왔고요. 하여튼 법원에서도 처음 있는 일이라 당황했어요. 결국 법원에서 조정을 해서 마무리했는데 남한의 이복형제들이 북한에 있는 상속인에게 부동산 일부와 돈을 지급하기로 합의했어요. 사실 그 경우는 남한의 아버지가 의사였고 굉장한 부자였어요. 그 아버지는 월남할 때 장녀를 데리고 와서 길렀고 여기서 재혼했지요. 남한의 자식들은 다 잘 성장하고 그들에게 재산도 분배했으니, 일부를 북한에 있는 자녀에게 주고 싶다고 유언을 남겼어요. 그래서 일이 쉽게 풀린 거지요."

"그럼, 그 돈을 어떻게 전달했어요? 당에 뺏기지 않고 개인이 가질 수가 있을까요? 안 될 것 같은데요."

현정이 물었다.

"그래서 문제가 복잡해졌어요. 이 소송 이후에 '남북주민 사이의 가족관계와 상속 등에 관한 특례법'이라는 법률이 제정되었어요. 결론적으로 북한에 있는 상속인도 남한에 있는 피상속인에게 상속이나 유증을 받아서 권리를 취득할 수 있어요. 하지만 그 권리 취득이 확정된 날로부터 일 개월 이내에 법원에 재산관리인의 선임을 청구하도록 하고 있어요. 재산관리인을 선임하지 않으면 무효가 되도록 규정했고요."

"결국 북한에서는 유산을 받을 수 없다는 말이네요. 우리는 남한에 있으니까 그런 복잡한 문제는 없을 테니 다행이에요."

여기저기 상담을 받으러 다니다 보니 춘실의 처지가 딱했는지, 탈북민을 대상으로 심층 인터뷰를 하러 온 대학 연구원이 전직 검사 출신 변호사 사무실을 연결해주었다. 춘실은 심층 인터뷰에 응하면 돈을 준다고 하기에 인터뷰에 응했던 것뿐인데, 춘실의 사정을 듣고 딱했는지 탈북민들에게 호의적인 변호사를 소개해준 것이다.

"엄마, 로펌에서 수임료로 상속분의 10퍼센트를 달라고 하는데, 너무 많지 않아요? 만일 60억을 받는다면 6억을 줘야 하는데……"

"어차피 받을지 못 받을지도 모르는데, 10퍼센트를 달라면 줘야지, 더 달라고 해도 줘야 할 판에. 그 사람들도 다 돈 벌자고 하는 일인데."

그렇게 당사자인 춘실은 아들과 딸의 손에 끌려 변호사 사무실에 찾아가 자초지종을 이야기했고 서류에 도장까지 찍고 돌아왔다. 이렇게 재판까지 할 생각은 없었는데, 무슨 추태인가 싶었다. 재산보다 더 궁금한 것은 아버지의 생사 확인이었다.

"선생님, 돈도 돈이지만 아버지를 찾아주세요. 이렇게 해서 재판을 걸면 아버지가 살았는지 돌아가셨는지 알 거 아닙니까? 그 양반을 어디 가둬놓았는지도 모르잖아요. 제발 부탁합니다."

소송을 시작하는 것 자체가 몹쓸 짓을 하는 기분이었다. 사정 이야기를 들은 어떤 사람은 아버지를 찾으려면 방송국에 제보하라고 했다. 이런저런 충고가 많았지만, 춘실은 고개를 저었다. 자꾸 떠들어대다 방송에라도 나오면 북한에 있는 자식들은 어떻게 될 것인가, 등골이 오싹하며 식은땀이 흘렀다.

로펌에 서류를 내놓고 한 달여가 지나도록 아무런 소식이 없었다. 어떻게 돌아가는 사정인지 알아보려고 딸과 아들, 모두 모여서 찾아갔다.

"돈을 주지 않았다고 시작도 안 하는 거 아니야?"

현정이가 투덜대는 소리에, 차라리 그랬으면 좋겠다는 생각이 들었다.

"우리가 이 사건을 살펴봤는데요. 지금 남아 있는 재산만 해도 100억 정도 됩니다. 그런데 그 댁 큰아들이 뉴질랜드에 가 있더라고요. 그리고 그 집의 사위가 상당히 유명한 변호사예요. 아마 쉽지는 않을 건데, 어쨌든 뉴질랜드 아들에게 서류를 보냈으니, 연락이 올 겁니다. 답변이 와야 일을 진행할 수 있을 것 같습니다. 시간이 좀 걸릴 테니 기다려주세요."

내용을 대충 아는 걸 보니 전혀 관심 밖의 사건은 아닌가 싶었다. 할 수 없이 집에 돌아와 생각하니 재판이라는 게 오래 걸린다는데, 질질 끌다가 아버지를 찾지도 못하고 돌아가시면 어쩌나, 아니 그것보다도 춘실 자신이 먼저 세상을 뜰 수도 있겠다는 생각에 정신이 번쩍 들었다.

시간을 질질 끌면서 상속 당사자가 죽기를 바랄 수도 있지 않을까? 아무래도 황학동으로 다시 가봐야 할 것 같았다. 집세를 받으러 오다가다 만날 수도 있지 않을까. 어쩌면 거기에 이복동생의 사무실이 있었던 것 같기도 했다.

서울이면서도 전혀 서울 아닌 동네가 바로 황학동인 것 같았다. 새 물건은 없고 쓰다 둔 각종 주방용품이며 그릇들이 가게 밖에까지 산더미처럼 쌓였고 온갖 플라스틱 용기 더미가 먼지를 뒤집어쓰고 있었다. 헌 옷, 헌 신발, 헌 가방 등, 온갖 중고 물건들을 내놓고 파는 사람들도 있었다. 어찌 보면 쭈그러든 춘실 자신과 딱 어울리는 동네라는 생각이 들었다.

어떻게 강남 노른자에 사는 양반이 이런 데다 건물을 몇 채씩 사놓았을까? 아니지, 여기서 돈을 벌어서 강남에 살았겠지. 아버지의 지나온 삶의 궤적을 대충 알 것도 같았다. 모르긴 해도 아버지는 이곳에서 경제적 기반을 잡았을 것이다.

며칠 동안 황학동을 찾아다니다 어렴풋이 기억한 대로 동생의 사무실이 거기에 있다는 사실을 알게 되었다. 말이 관리실이지 거의 비어 있다시피 하는 아주 작은 사무실이 건물 귀퉁이에 붙어 있었다. 거기에 잠깐씩 왔다가 월세도 받고 건물들도 관리하는 모양이었다. 그 앞에 지키고 서 있으니 정말로 동생이 나타났다. 춘실을 보고 화들짝 놀라는 품이 뭔가 켕기는 게 확실했다. 다짜고짜 그의 팔을 붙잡았다.

"너 바른대로 말해. 아버지 어떻게 되셨니? 살아 계셔? 그렇다면 어디다 모셔둔 거야?"

그는 주춤하더니 일단 사무실 안으로 들어가자고 했다. 오래된 소파와 탁자 그리고 더 이상 쓰임이 없을 것 같은 호마이카 책상 하나, 캐비닛 하나, 구형 컴퓨터 한 대가 놓여 있었다.

"우선 앉으세요."

그는 구석에 있는 작은 냉장고에서 물병을 꺼내 따라주었다. 물 한 잔 마시라며 시간을 끄는 품이 뭔가 불안했다.

"아버지를 어디다 빼돌렸는지 말하라구. 나도 참을 만큼 참

왔다. 아무리 배가 달라도 한 아버지 밑에서 나왔는데, 이렇게 천대할 수가 있냐? 내가 너희한테 뭘 그렇게 잘못했기에?"
"진정하세요. 아버지는 돌아가셨어요."
머리가 핑 돌았다. 왠지 모를 불안감이 바로 이것이었나? 엊그제까지도 분명히 아버지는 살아 계신 걸로 나왔는데.
"뭐? 아버지가 돌아가시다니? 언제?"
"벌써 몇 년 되었어요."
"아니, 어떻게 그럴 수가 있어? 임종이라도 보게 하든지, 장례식에라도 불렀어야지. 북에서 여기까지 모든 걸 버리고 왔는데, 너희들이 사람이야?"
늙은 춘실이 이복동생의 멱살을 잡았지만, 그는 가볍게 춘실의 손을 떼어놓고 아무 말도 하지 않았다.
"그러게. 누가 오라고 했어요? 공연히 와서 평온한 집에 평지풍파를 일으키고, 여러 사람 괴롭혔잖아요."
"누가 오라고 했냐고? 그걸 말이라고 하니? 목숨 걸고 온 사람에게 그렇게 말하는 거 아니다. 나는 아버지가 오라고 해서 왔다. 내가 맏딸이야, 내가 장동훈 씨의 장녀라고. 원래 내 아버지였다고."
"어쨌든, 끝난 일이에요. 더 이상 찾아오지 마세요."
억장이 무너졌다. 정말 어디라도 가서 대성통곡이라도 하고 싶었다. 길바닥에라도 주저앉아 소리소리 지르며 땅을 치고 울고 싶었다. 아버지가 살아 계시다 해서 강을 건널 용기를 냈는데, 제대로 회포를 풀지도 못했는데, 저세상으로 가셨다니. 아버지는 어릴 때 홀연히 떠난 것처럼 그렇게 홀쩍 떠나버렸다. 아버지의 마지막은 어땠을까? 그 노인을 어디다 감춰두었을까? 돈만 많이 벌어서 남겨두면 뭘 하나? 자기 뜻대로 쓰지도 못하고. 그렇게 힘도 못 쓰고 살 거면서 뭐 하러 이산가족 상봉 신청을 했을까?

아버지도 북에 남겨두고 온 식구들을 아주 잊은 것은 아니었겠지. 그래서 얼굴이라도 보려고 신청서를 냈을 것이다. 아버지의 사망 소식을 들은 그날, 어떻게 집으로 왔는지 모른다. 마음껏 통곡할 장소도 없고 하소연할 사람도 없었다. 눈물을 삼키고 속으로 탄식하며 간신히 집으로 돌아왔다. 그날 밤부터 으슬으슬 오한이 들면서 열도 나고 몸이 좋지 않았다. 새벽에 일하러 나가려는데 몸이 바닥에 붙어 떨어지지 않았다. 그래도 나가야 하는데, 몸이 말을 듣지 않았다. 마트 여주인이 춘실을 생각해서 박스를 쌓아놓는다. 물론 반반씩 나누기다. 그래도 그게 한 달이면 삼십만 원 벌이가 되니 놓칠 수가 없다. 그리고 아침밥을 먹고 아파트 청소해서 오십만 원을 벌고, 돈이 되는 일이라면 닥치는 대로 하러 나간다.

말 안 듣는 몸을 간신히 달래서 일하고 들어왔는데 열이 더 치솟고 온몸이 쑤시고 아프다. 유난히 등이 따끔거려서 견딜 수 없었다. 파스를 찾아 붙이고 이를 악물며 고통을 참았다. 좀 나아지는 듯하다가 다시 쑤시고 저려온다. 파스를 더 센 것으로 갈아 붙여야 하나? 삼천 원을 주고 더 강력한 파스를 사다가 붙였는데 따가워서 견딜 수가 없었다. 할 수 없이 병원에 갔더니 감기몸살이라며 주사를 한 대 놔주었다. 그러나 고통이 가시질 않는다. 처음으로 이런 심한 통증을 느낀 것 같았다.

아버지가 돌아가셨다는 말을 듣자, 일거에 사지에서 힘이 쑥 빠졌다. 아무리 생각해도 너무 야박하다. 돈이 뭐라고. 그 많은 돈 좀 집어주면 될 것을, 고생하는 자식들을 생각하니 면목이 서질 않았다.

"인간 같지 않은 것들, 이제 우리도 가만있으면 안 돼요."

말은 그렇게 오갔지만, 가만 안 있으면 무엇을 어떻게 할 것인지는 아무도 모른다.

"변호사 사무실에 가서 물어봐야겠다. 이렇게 사망 신고를 안 해도 되는 거냐고."

"사망 신고 안 해도 벌금이 얼마 안 된대요. 그나저나 참 지독한 사람들이네. 그래도 엄마가 맏딸인데, 할아버지 가시는 마지막 길에 배웅이라도 하게 했어야지."

아프다니까 자식들이 와서 간호했지만 좀처럼 통증이 줄어들지 않았다. 안양시 어딘가에 싸게 치료를 잘해주는 한의원이 있다고 하기에 가서 찜질도 하고 치료를 받았는데도 여전히 몹시 아프다. 여기저기 병원을 헤매다가 누군가 영등포에 있는 피부과에 가보라고 해서 갔다가 깜짝 놀랐다.

"할머니, 어떻게 이 지경까지 되셨어요. 등에 진물과 고름 피가 엉겨 있네요. 이거 대상포진이에요. 잘못하면 죽을 수도 있어요. 큰일 날 뻔했어요."

"너무 가려워서 긁었지, 뭐. 그런데 계속 따갑더라고. 이렇게 아파 보기는 처음이요. 아기 낳을 때보다 더 아파."

대상포진이라는 말은 들어본 일도 없다. 큰일이라고 해봐야 죽는 일밖에 더 있을까. 죽으면 이 모든 고통에서 해방되지 않을까. 죽는 것도 괜찮을 듯싶었다. 지금까지 웬만한 병은 다 이겨냈었는데, 아무래도 나이가 들었나 보다. 다행히 피부과 약을 먹고 매일 치료하러 다녔더니 차도가 있었다.

그동안 박스 줍는 일은 손자가 몰래 와서 해주었다. 가까이에 사는 손자가 리어카에 파지를 싣고 고물상에 가져다주었다. 마트에서는 새벽에 할머니가 일을 한 줄로 알 것이다. 아무튼 아들 부부와 손자까지 빼내 오는 데 든 돈이 이천육백만 원이다. 그 아이들은 태국을 거쳐 먼 길을 돌아왔다. 중간에 잡히지 않고 무사히 온 것만 해도 평생 감사할 일이었다. 그 빚을 이제 다 갚았으니 죽어도 걸릴 것은 없다.

아무래도 가족관계증명서가 궁금해서 마지막으로 발급하러 갔다. 그런데 이번에는 아버지가 '사망'이라고 제대로 표기되어 있었다.

"지난번에 변호사에게 사망 신고 안 하면 어떻게 되느냐고 물었는데, 그것들이 우리 변호사 사무실과 내통하는 거 아니야?"

현정이가 고개를 갸웃했다.

"우연치고는 참 절묘하네. 아무래도 한패가 아닐까? 우리 일은 이 년이 넘도록 진전이 하나도 안 돼요. 물어보면 시간이 걸릴 거라는 말만 하고."

"몇 년 전에 돌아가셨다는데, 그것도 모르고 매주 가족관계증명서 떼러 다닌 내가 한심하다. 얼마나 멍청하면 제 아비 죽은 줄도 모르고……"

"멍청해서가 아니라 악질을 만나서 그런 거예요. 어떻게 부모가 돌아가셨는데 연락을 안 해? 미국에 있는 자식도 급히 돌아오는 판에…… 혹시 할아버지가 유언을 남기지 않았을까?"

"유언을 남겼다고 해도, 그걸 누가 알겠어? 유언이 없더라도 유류분이라고, 엄마의 몫이 있으니 찾아옵시다. 그것들이 괘씸해서라도 재판은 꼭 해야겠네."

이런저런 말이 오고 갔지만 춘실에겐 재판이고 뭐고 다 부질없었다.

"나 억울해서 백 살까지 살 거다. 아무리 재판이 늦어도 그때는 무슨 결판이 나겠지. 그 변호사가 미적거리면 다른 데를 찾아보자."

괘씸해서 홧김에 말은 그렇게 했지만, 선수금도 없이 이겨서 가져가라는데 누가 열심히 재판을 준비하겠는가. 그나저나 아버지 장례식에는 못 갔어도 묘소라도 찾아가서 절이나 드려야겠다고 생각하며 다리에 힘을 주었다. 동생에게 가서 묻는 게 낫겠다 싶어, 황학동으로 찾아갔다.

"이왕 일이 이렇게 되었으니 아버지 산소에 가서 성묘라도 해야겠다. 날 데려다주면 좋겠지만 바빠서 못 가겠으면 주소라도 줘. 아이들 데리고 찾아가게."

동생은 또 무슨 일로 찾아왔나 싶어 눈을 크게 떴다가 산소의 위치를 가르쳐달라는 말에 선뜻 대답하지 않았다.

"거기 가서 뭐 하시게요?"

"산소에 무슨 일을 하러 가니? 자식이니까 부모 산소에 성묘하러 가는 거지."

"여기서 멀어요. 가지 마세요."

"그건 내가 알아서 할 일이고 주소를 가르쳐주기나 해."

"가지 마시라니까요. 거길 뭐 하러 가요?"

"글쎄, 산소를 안 가르쳐주는 이유가 뭐야? 내가 산소를 어떻게 할까?"

"그냥 가세요. 다 지난 일이에요."

동생은 황급히 밖으로 나가서 사람들 사이로 사라졌다.

"세상에, 산소도 안 가르쳐주는 인간들이 있네."

기가 막힐 일이다. 춘실이 2006년에 남한에 왔는데, 자기들 말대로 코로나가 한창때 돌아가셨다고 해도 십오 년이나 시간이 있었다. 그 십오 년 동안 아버지를 만난 일은 단 세 번뿐이고, 밥 한 끼도 같이 먹은 일이 없다. 그 세 번의 만남 가운데 한 번은 법정에서 눈으로만 만났다. 이런 기가 막힌 팔자가 있을까.

9장
피보다 진한 것

 아버지의 산소에 성묘도 못하는 처지가 되자 춘실은 자신의 인생이 한심했다. 배다른 이복형제라도 같은 아버지의 자식이니 동생으로 생각해왔거늘, 그쪽에서는 꿈에도 만나기 싫은 마귀할멈이었을 뿐이다. 누나가 아니라 자기들의 돈을 뺏어 가려는 파렴치한으로 보였을 것이다. 그러고 보니 누나라고 부른 기억이 없다. 뉴질랜드에서 호텔을 관리한다는 큰동생은 의사였다는데 얼굴조차 본 적이 없고 집세를 받으러 다니는 동생도 그녀를 누나라고 호칭한 적이 없었다. 유력한 변호사 부인이자 유명한 유치원 원장이라는 여동생도 얼굴을 마주한 적이 없다.
 그 애들한테는 마주하기 싫은 존재였을 것이다. 촌스럽고 늙은 여자를 가족이라는 범주에 끼워주고 싶지 않았을 테지. 그래도 피는 물보다 진하다던데, 아무리 못생기고 초라해도 아버지에게서 같은 피를 받았다면 형제자매일 텐데, 이렇게 매정할 수가 있나, 한숨이 절로 나왔다. 실제로 피는 물보다 진하다, 그건 확실하다. 피가 맹물보다 진하다는 당연한 사실을 누가 모를까. 그런데 왜 피는 물보다 진하다고 했을까? 물보다 진하지 않은 액체가 있나? 강조하고 싶으면 피가 간장보다 진하다든지, 하다못해 바닷물보다 진하다고 해야 할 것 아닌가. 그런 비교가 아니고 왜 하필이면 맹탕인 물인가? 전투에서 피로 맺은 전우들의 유대가 어머니 자궁의 물에서 나온 형제들의 유대보다 더 강하다는 말이 사실일까?

그건 아닌 것 같았다. 어쨌든 아무리 사이가 나쁘다고 해도 팔이 안으로 굽듯이 결정적인 순간에는 같은 피를 나눈 형제자매의 편에 선다는 말이 아닌가. 쉽게 말해서, 피는 가족이고 물은 남이라는 뜻이 아닐까? 그런데 같은 아버지에게서 태어난 누이를 남보다 못하게 낮춰보는 심사를 이해할 수 없었다.

"엄마, 아무래도 상속재산 분할 소송을 해야 할 것 같아요. 할아버지가 돌아가셨다니 유산을 받아야 하는데, 엄마는 자격이 있잖아요."

현정이가 자꾸 재촉한다. 그 말도 이제 듣기 싫다. 형제끼리 돈을 더 차지하겠다고 재판까지 가다니, 너무 지나친 일이 아닐까, 마음이 주저주저했다.

"엄마는 가족관계증명서에 큰딸이라고 올라 있잖아요? 그러니까 당연히 상속받을 자격이 있지요."

그 말은 맞다. 돌아가신 아버지를 사망 신고도 하지 않고 내내 숨겨오다가 이제야 돌아가셨다고 말하는 품새로 봐선 괘씸하기 짝이 없었다. 아마 그동안 자기들끼리 유산을 다 나누고 분배했겠지. 그러나 사망 신고도 하지 않은 아버지의 재산을 유산으로 처리할 수는 없었을 것이다. 미리 다 빼돌리고 정리가 되니까 그제야 사망 신고를 한 것일까? 그들이 같은 핏줄임을 인정하지 않는데, 그녀만 그들을 동생이라고 애틋하게 여길 필요가 있을까. 어차피 남이 아닌가. 그러면 유산분할 청구 소송을 못할 이유도 없다. 그런 마음의 경로를 거쳐 변호사 사무실에 발을 디밀게 되었다.

"할머니의 사연을 듣고 보니 꽤 복잡할 것 같네요. 유산분할 청구 소송을 하려면 우선 정확한 재산 목록이 있어야 해요."

"전에 파악해놓은 것이 있는데요."

현정이가 예전에 찾아놓은 재산 목록의 리스트를 내밀었다.

"네, 이것에 근거해서 우리도 찾아볼게요."

"만약에 그동안 다 팔아서 나눠 가졌다면 어떻게 하나요?"

"글쎄요. 조사를 해봐야 알겠지만 그런 일은 어려울 겁니다. 혹시라도 유언장이 있어서 특정인에게 주라고 유언했다면 가능한 일이지만, 그렇지 않은 경우라면 온 형제들이 모여

전원 합의로 재산을 분할해야 하는데요."

"우리 엄마가 맏딸인데 할아버지가 돌아가신 것도 연락을 안 했어요. 합의는커녕 장례식에도 못 갔다니까요."

"그렇다면 아버님이 언제 돌아가셨는지는 알고 계시나요?"

변호사가 고개를 갸우뚱하며 물었다.

"아니요. 하도 궁금해서 그동안 가족관계증명서를 자주 떼어봤는데, 사망 신고가 안 되어 있더라고요. 그래서 어디엔가 살아 계시는구나, 희망을 가졌지요. 그런데 아무래도 찜찜해서 동생이 다니는 길목을 지키고 있다가 마침 딱 만났길래 잡고 물었어요. 그랬더니 돌아가셨다는 겁니다. 너무 섭섭해서 많이 울었어요. 언제 돌아가셨는지, 어디에다 모셨는지도 답을 안 해줘요. 그다음에 혹시나 해서 습관처럼 가족관계증명서를 떼보니까 사망이라고 되어 있더라고요. 나한테 말한 다음에 바로 사망 신고를 한 것 같아요."

"사망 신고 안 하면 법에 걸린다던데, 괜찮은 거예요?"

현정이 물었다. 듣기로는 사망 사실을 숨기면 형사고발 대상이라고 해서 안심하고 있었던 것 같다.

"벌금 몇만 원만 내면 돼요. 어쨌든 언제 돌아가셨는지는 모르지만, 할머니가 아버님의 사망 사실을 알게 된 날부터 기산해서 일자를 따지기 때문에 그것은 상관없어요. 정확히 언제 알게 되셨죠?"

"한 달도 안 됐어요. 동생에게 이야기를 들은 지가 한 보름 조금 넘은 것 같아요."

"고인의 재산이 유증되었거나 생전에 증여된 사실을 알게 된 날로부터 일 년 이내에 법적 조치를 하면 됩니다. 이제 사망 신고를 했으니, 상속이 개시될 것이고요. 상속이 개시된 날로부터 십 년 이내에 이의신청하시면 됩니다."

"돈 될 만한 것은 다 빼놨을 텐데요. 그러니까 자신 있게 사망 신고를 했을 거 아닙니까?"

"어쨌든 우리가 조사해봐야 알 것 같아요. 유언장이 따로 있었는지도 봐야 하고요."

"유언장이 있다면 당연히 우리 엄마를 빼고 만들었겠지요. 법을 잘 아는 사람들이니 조작도 완벽하게 했을 것 아닙니까?"

평소에 말이 없던 막내아들이 심드렁하게 물었다. 아마도 그 아이는 유산 싸움을 이미 포기한 것 같았다.

"그래도 유류분이라는 게 있어요. 할머니가 가족관계증명서에 맏딸로 올라가 있는데, 할머니를 빼고 유산 분배를 했다고 해도 할머니 몫의 절반을 받을 권리가 있다는 거예요. 시간이 걸리겠지만 큰 문제는 없을 것 같아요."

"나도 언제 어떻게 될지 몰라요. 대문 밖이 저승이라는 말도 있잖아요. 팔십 노인이 내일 죽는다고 해도 이상할 게 없으니까."

"그래도 용기를 내세요. 남한에 있는 어떤 아버지는 북에 있는 네 명의 자녀들에게 유산을 남겼어요. 언제 통일이 될지 모르니 자신이 사망한 후 재산을 십 년간 증권회사에 신탁을 맡기라고 한 거지요. 십 년이 지나도 북의 자녀들의 생사가 확인되지 않으면 증손자에게 유증하기로, 유언신탁을 한 분도 있어요."

"우리 아버지가 그렇게 힘이 있었으면 오늘날 이런 일이 일어났겠습니까? 똑똑하던 양반이 어쩌다 바보가 되었는지, 식구들에게 꼼짝 못하고 어디에 갇혀서 돌아가셨는지도 모르겠어요."

그렇게 해서 변호사 사무실에다 사건을 맡기고 문을 나섰다. 유류분을 받으면 15퍼센트를 수임료로 주겠다는 문서에 도장도 눌렀다.

처연했다. 갑자기 북한 땅이 그리웠다. 공연히 왔나? 북에 있는 아이들은 잘 있을까? 북한 사정이 점점 안 좋다는데, 살아 있을까? 북한에 두고 온 큰딸과 큰아들이 와락 보고 싶었다. 남매들이 남북으로 갈려서 언제나 만날 수 있으려나? 돈이라도 보낼 수 있다면 다행이건만 갈수록 돈을 보내기도 어렵고 국경 경비가 강화되어서 탈북은 거의 불가능한 일이 되어버렸다.

아, 장춘실의 인생은 이렇게 끝나는가? 먹고사는 일에 매달려 평생 일만 하다가 쓰러지고 말 것인가? 그래도 피가 물보다 진하다고 굳게 믿었는데, 북쪽 사람의 피는 남쪽 사람의 피와 다른 것이었나 보다. 아니, 피보다 돈이 더 진한 것임을 이제야 깨닫는다. 피보다 진한 것은 없는 줄 알았는데, 피보다 진한 것들이 많았다. 체면도, 돈도, 외모도, 피보다 값이 더 나갔다. 핏줄 하나만 믿고 차디찬 강을 건너온 자신의 무모함을 탓해야 할 지경이었다.

아니다, 아직도 피가 물보다 진하다고 믿는 사람이 많다. 사위와 같이 탈북한 벌목공 남자는 북에 있는 아내와 아들을 데려올 가능성이 없자 남한 여자를 만나 결혼했다. 한동안 아무 탈 없이 잘 살았다. 서로 자라온 배경이 다르고 입맛부터 온갖 생활 습관이 달랐지만, 그럭저럭 맞춰가며 열심히 살았다고 했다. 그런데 남자는 남한에서 생활이 안정될수록 북에 두고 온 아내와 아들에게 미안했다. 그래서 그들을 데려오기로 결심하고 돈을 보냈고 그들 모자는 우여곡절 끝에 간신히 탈북에 성공해서 대한민국에 발을 디뎠다.

남자는 북에서 온 전처와 같이 살 마음은 없었다. 단지 대한민국 땅에 데려다 놓으면 알아서 살겠거니, 그들을 탈북시키는 것으로 평생 지고 다닐 마음의 짐을 덜 목적이었다. 남한의 부인에게도 그렇게 말했고, 북에서 온 부인에게도 자신은 이미 남한에서 결혼했노라고 밝혔다.

문제는 남한의 부인이었다. 그 모자가 대한민국에 온 이후로 사사건건 신경질을 냈다. 일터에서 조금만 늦게 돌아와도 남자의 행적을 캐물었고 매사에 의심과 감시의 눈길을 거두지 않았다. 남자의 친구나 만나는 사람들에게도 유독 예민하게 굴었고 남자의 일거수일투족을 의심의 눈으로 감시했다. 특히 자녀를 낳지 않았던 남한의 부인은 남편이 언젠가는 북에서 온 아들과 부인에게 돌아갈 것이라고 두려워했다. 그 여자는 피가 물보다 진하다고 믿고 불안했던 모양이다. 서로의 관계가 삐걱거릴수록 신경질은 도를 넘었고 급기야 정신까지 어긋나는 것 같았다. 견디다 못한 남자가 정신 치료를 권하자, 여자는 분에 겨워 자살하고 말았다.

춘실은 눈을 감았다. 누구의 잘못도 아니다. 각 사람의 처지에서는 그럴 수 있다. 분단된 나라에서 태어난 비극일 뿐. 그러나 새어머니는 평생 아버지를 독차지하고 잘 살지 않았는가. 북에서 온 자녀들에게 조금만 인정을 베풀었다면, 이렇게까지 상처 입지 않았을 텐데. 아버지와의 만남까지 막아 버렸으니, 정말 야속했다. 생각하면 잠도 오지 않는다. 그렇게 슬픈 것도 아닌데, 혼자 있으면 맥없이 눈물이 나온다. 핏줄을 먹여 살리고자 수많은 고개를 넘고 산을 넘어 장사하러 다녔고, 핏줄에 대한 기대로 차가운 강물도 두려움 없이 건넜다. 국경을 넘고 망망대해를 건너 아버지를 찾아왔는데, 아버지와 그동안 살아온 이야기를 나누지도 못했다. 어머니가 어떻게 살다 돌아가셨는지, 자신들은 토대가 나쁘다고 얼마나 멸시를 받았는지, 그녀는 어떻게 자녀를 넷이나 얻었는지, 그 아이들을 키우기 위해 얼마나 몸부림치며 악으로 버텨냈는지, 아버지에게 말하고 싶었는데, 그 이야기조차 제대로 하지 못했다. 그게 가장 섭섭했다. 아버지와 따뜻한 밥상을 마주 대하고 그동안 고생했던 이야기를 들려주고 위로받고 싶었는데, 아버지에게로 가는 길은 영원히 막혀버렸다.

결국 춘실은 피보다 진한 돈의 벽을 넘지 못했다. 돈의 벽에 막혀 아버지도 잃고, 이복동생들도 잃어버렸다. 이 세상의 수많은 사람 중에 같은 유전자를 가진 몇 사람, 이제 그들과도 영영 결별이다. 차라리 그리워하고 말 것을, 그리워하다가 천국에서 아버지를 만났다면 이런 배신의 아픔은 없었을 것 아닌가.

그리운 것을 그리워하는 것은 차라리 아름답다. 리은재 어머니, 천국에서 아버지를 만나보셨나요? 서로 알아보시겠던가요? 어머니가 천국에서 우리들이 살아왔던 이야기를 대신 전해주세요. 우리 가족은 이 땅에서는 함께하지 못할 운명이었나 봅니다. 저승에서나 함께 만나게 될까요? 그때 만나서 못다 한 이야기 해드릴게요.

춘실의 뺨으로 긴 강물 같은 눈물이 흘렀다.

에필로그

너무 기가 막히고 분해서 이 이야기를 책으로 써달라고 했다. 내 이름은 장춘실, 내 아버지 이름은 장동훈, 오십오 년 동안 권력의 장벽에 갇혀 서로 얼굴도 못 보고, 십오 년 동안 돈의 벽에 갇혀 제대로 만나지도 못하고, 이제는 죽음의 벽에 갇혀 영영 볼 수 없게 되었다. 차가운 강물도 넘고, 무시무시한 국경도 넘고, 위태한 망망대해도 다 넘었는데, 마지막 돈의 벽이 가장 높았나 보다. 결국 돈의 벽을 넘지 못했다.

아직도 서류는 변호사 사무실에 있다. 바쁘다는 핑계로 한 번도 연락하지 않는 변호사 사무실 사람들. 어쨌든 춘실은 북쪽에도 자식이 있고 남쪽에도 자식들이 사는 또 다른 이산가족, 아니 분단가족이 되었다. 북에 있는 자녀들이 못난 엄마 때문에 무슨 변이나 당하지 않을지, 그게 늘 걱정이다.

죽기 전에 그 아이들을 만날 수 없겠지. 어차피 우리 가족은 살아서는 한데 모일 수 없는 운명인가 보다. 내 아버지가 그랬던 것처럼, 네 어미가 그런 것처럼. 우리는 죽어서나 한집에 모여 못다 한 이야기를 나눌 수 있을까. 그동안 피는 물보다 진하다고 믿으며 열심히 살아왔다. 그러나 돈이 피보다 더 진한 것임을 이제야 아프게 깨닫는다.

오늘도 가만히 읊조린다.
내 이름은 장춘실, 내 아버지 장동훈!

발문

인간을 향한, 인간에 대한 시선

김주현(소설가)

그녀를 생각하면 연한 가지색 한복이 가장 먼저 떠오른다. 그녀는 아이를 가졌을 때 무릎길이 한복을 입었다. 보기 드문 차림이 무척 잘 어울렸다. 그 무렵 나는 그녀로부터 불어를 배웠다. 불어가 선택 과목이어서 고3 때는 그녀가 대학에서 공부했던 교재 일부를 책으로 엮어 가르쳐주기도 했다. 바로 이 작품 『내 이름은 장춘실!』을 쓴 민혜숙 소설가다.

고등학교 졸업 이후 그녀를 만나지 못했다. 대학 1학년 때 학교를 찾아간 적이 있으나 그녀를 만날 수 없었다.

십 년쯤 뒤 가을날, 종로의 큰 서점에서 그녀를 만났다. 그녀가 아니라 그녀가 쓴 책이었다. 『서울대 시지푸스』라는 연작소설로 문학과지성사에서 출간되었다. 어, 선생님이 소설을 쓰셨네. 언제부터 쓰신 걸까? 책의 앞날개에 그녀의 사진과 함께 이력이 소개되어 있었다. 눈에 익으면서도 낯선 그녀가 보였고 내가 모르는 이력이 많았다. 그녀는 지금도 살고 있는 지역의 대학 국문과에서 박사학위를 받았으며 인문학 분야의 저서와 번역서를 여러 권 출간했다. 단독 저서도 있고 함께 낸 책도 있었다. 반갑고 놀라운 마음에 얼른 책을 사서 읽어 내려갔다. 그해 봄, 소설 습작을 시작한 나에게 그녀의 존재가 또 다른 의미로 다가온 순간이었다.

출판사를 통해서라도 그녀의 연락처를 알아볼 수 있었을 텐데 그렇게 하지는 않았다. 언젠가 만나겠지, 생각했다. 내가 소설가가 된다면······

다시 십 년쯤 흘러 나는 바라던 대로 소설가가 되었다. 작품을 쓰는 동안 그녀가 문득 생각나기도 했다. 몇 년의 시간이 더 흐른 뒤 첫 소설집을 냈을 때, 비로소 그녀에게 가는 길을 알아보았다. 온라인 서점 사이트에서 그녀가 어느 지방 중학교에서 교목으로 있다는 사실을 알게 되었다.

전화를 걸었다. 그녀의 목소리가 들렸다. 며칠 전에 들은 듯 익숙한 목소리였다. 처음에는 나를 알아보지 못했다. 누구 동생이라고 말하니 그제야 기억의 우물에서 나를 끌어올렸다. 바로 위 언니와 막내인 여동생까지 세 자매가 같은 여고를 다녀서 선생님들이 우리를 세트로 기억하고 있었다. 그다음부터 이야기가 술술 풀렸다.

오래전 그녀의 첫 책을 읽은 이야기, 나 또한 소설을 쓰고 있고 첫 소설집을 냈다는 이야기, 이미 완성해둔 장편의 제목을 최근에 정했다는 이야기들이 쏟아져 나왔다. 소설과 문학을 매개로 삼십여 년의 세월을 훌쩍 뛰어넘은 것이다. 2023년 초겨울의 일이었다.

그리고 이듬해 그녀는 새 장편소설을 출간했고 나는 두번째 소설집을 내게 되었다. 서로의 책을 보내고 받으며 이런 일이 있구나, 놀랍기도 하고 기쁘기도 했다. 같은 고등학교에서 불어 교사와 학생으로 만나 몇십 년의 세월이 흐른 뒤 이제는 문단에서 선배 작가와 한참 아래 후배 작가가 되었으니 말이다.

그 후로 간간이 연락하며 요즘의 문단 풍경, 소설의 흐름과 소설가들에 대해 이야기를 나누었다. 작품의 소재를 잡는 과정에서 그림도 보고 음악도 듣는 총체적 작업이 필요하다면서 유행을 따르지 말고 자기 스타일대로 열심히 쓰라고 응원의 말을 건네주었다.

어느새 그녀는 또 다른 장편을 완성했다. 그녀는 스스로 한 말을 스스로 지키고 있었다. 책을 내는데 '발문'을 써주면 좋겠다고, 어느 날 전화를 받았다. 아니, 내가 어떻게? 당황스러웠다. 그런 글은 써본 적도 없다고 사양하니, 느낀 대로 쉽게 쓰면 된다고 용기를 북돋워주었다. 짧은 사이, 그럼 아는 대로 써볼게요, 라고 대답하고 말았다.

어디서부터 시작해야 할지 막막했다. 작가에 대해서, 책의 내용에 대해서 적게 마련인데, 그녀를 모르고 지낸 시간이 더 많은 내가 과연 제대로 쓸 수 있을까 싶었다. 부담감과 함께 작가와 작품을 논하는 길은 작품에 있다는 생각도 들었다. 먼저 그녀의 장편 원고를 읽기 시작했다.

그리고 보름쯤 지나 마침내 그녀를 만나게 되었다. 8월의 유례없는 더위 속에 전철역을 서성이며 그녀를 알아볼 수 있을까, 그녀가 나를 알아볼 수 있을까 염려스러웠다. 어떻게 알아보려나 했는데 어느 순간 나타난 그녀는 오래전 그 모습 그대로 손을 흔들었다. 나도 손을 흔들었다. 서로 반갑게 그러안았다. 어머, 애, 너는 그대로다. 선생님도 그대로세요. 덕담처럼 첫인사를 건넸다. 툭툭 던지듯 하면서도 조곤조곤한 음성이 귀에 들려왔다.

그런 어느 순간, 나는 그녀에게 오래된 책자를 보여주었다. 그것은 고등학교 시절 문예반 활동을 하면서 만든, 이른바 '문예지'였고 내가 맡은 꼭지는 선생님 탐방 기사였다. 제목은 "민혜숙 선생님 댁을 찾아서". 그 지면을 복사해서 그녀에게 건넸다. 어머나, 이런 걸 어떻게 아직도 가지고 있었니? 그녀는 깜짝 놀랐다.

그녀와 연락하게 되면서 오래된 책자를 펼쳐보았다. 그녀의 집을 방문했던 몇 장면이 조각보처럼 이어졌다. 한 벽면이 온통 책이고 책상 위에도 방금까지 읽은 듯한 책이 펼쳐져 있는 방에서 그녀와 마주 앉았다. 그녀의 아기를 보며 웃음을 머금었다. 복스러운 아기가 방긋 웃고 있었다. "이상과 현실이 유리된 가운데 점차 물질화되어가는 현실에 있어 이상을 전제로 한 현실의 필요성"이라고 사부님에게 들은 말을 문예반 동기가 써넣었다. 그 말을 포함하여 어떻게 사는 것이 바른 것인가 하는 고등학생에게는 조금 어려운 말을 듣다가, 앨범을 보며 그녀의 어린 시절과 대학 시절을 엿보았다. 어느 때나 복스러운 얼굴이 사진에서 밝게 웃고 있었다.

 그날 저녁으로 먹은 떡국은 일품이었다. 좀 걸쭉한 국물에 푹 퍼진 떡국이었다. 차례 지내고 나서 먹는 불은 떡국을 좋아하는 나에게 안성맞춤이었고 깊은 맛이 났다.

 폭염 속의 만남 이후, 나는 그녀를 떠올리며 그녀의 작품들에 집중했다. 원고를 거듭 읽어가는 가운데 그녀의 전작들도 살펴보았다.

 『서울대 시지푸스』는 제목에서 연상되듯 과열된 대학 입시와 편향적인 교육제도에 대한 견해를 담고 있다. 그녀의 교사 경력이 녹아들었을 것이다. 학생과 교사와 학부모를 각각 주인공으로 하여 그 인물들이 맞닥뜨린 고민과 외로움과 씁쓸한 현실을 그녀가 느낀 그대로, 어렵지 않은 문장으로 풀어갔다. 문제는 많은 세월이 지난 지금까지 교육 현실은 별로 바꾸지 않았다는 것이다.

　최근작으로 지난해 출간된 『몽유도원』을 펼쳤다. "좋은 소설 열심히 쓰길!" 그녀가 면지에 적어준 글귀를 보는 순간, 뭉클했다.

　『몽유도원』은 조선 세종대왕의 셋째 아들 안평대군이 꾼 꿈을 바탕으로 안견이 그린 「몽유도원도」를 소재로 한다. 한국에 존재하지 않는다는 안견의 진품을 찾아보리라 결의를 다진 화랑 대표와 그 밑에서, 남부러울 게 없는 안평대군이 왜 도원을 꿈꾸게 되었을까 의문을 품으며 심리 측면에서 접근하는 인물을 그리는 한편, 안평대군의 예술가적인 면모를 조명하면서 시대를 넘나들며 자유롭게 써나갔다.

　『서울대 시지푸스』에서 교육제도에 대해 비판적인 시선을 견지했다면, 『몽유도원』에서는 "작품의 진위를 예단하지 말고 열린 마음으로 살피는 것이 중요"하다고 말만 하는 다소 경직된 고미술학계에 주목했다.

　그녀의 새 장편소설 『내 이름은 장춘실!』에서는 장춘실이라는 인물이 걸어가는 길을 따라 탈북민의 과거와 현재를 그리고 있다.

　"팔십에 턱걸이하는 중"(8쪽)인 79세 탈북민 장춘실은 매주 한 번씩 가족관계증명서를 발급받는다. '행복주민센터' 직원들에게도 낯이 익을 정도다. 장춘실은 어떤 이유로 가족관계증명서를 발급받는 것일까. 탈북 이후 그녀의 삶을 짐작하게 하는 대목이 있다.

> 기가 막힐 일이다. 춘실이 2006년에 남한에 왔는데, 자기들 말대로 코로나가 한창때 돌아가셨다고 해도 십오 년이나 시간이 있었다. 그 십오 년 동안 아버지를 만난 일은 단 세 번뿐이고, 밥 한 끼도 같이 먹은 일이 없다. 그 세 번의 만남 가운데 한 번은 법정에서 눈으로만 만났다. 이런 기가 막힌 팔자가 있을까.(190쪽)

장춘실은 아버지가 살아 있는지 확인하기 위해 가족관계증명서를 발급받는다. "본인 장춘실, 부 장동훈"이라고 적힌 글자를 확인하고 안도의 한숨을 내쉰다. 아버지를 다시 만날 수만 있다면, 지금까지 북에서 반동분자의 자식으로 지내온 오십여 년의 삶이 보상받을 수 있을 것 같았다.

먼저 탈북한 작은딸의 손에 이끌려 오십여 년 만에 처음 아버지를 만났을 때 "우리 담내가 이렇게 늙었구나, 안 죽고 용케 살아 있었구나"(30쪽) 하며 아버지는 춘실의 어릴 적 이름을 기억하며 다정스럽게 말한다.

> "그간 얼마나 고생이 많았니? 네 딸이 너를 이렇게 데려오다니 정말 대견하다. 내가 살아서 너를 보는구나."(154쪽)

아버지의 말은 정다운 듯 미묘했다. 실상 그녀가 남한에 오도록 이끈 아버지는 그 사실을 부인한다. 심지어 집에서 쫓겨나게 생겼다고 두려워한다. 아버지가 가족 몰래 돈을 좀 주었을 뿐, 두 사람은 밥 한 끼 함께 먹지 못한다. 아버지의 새 가족들은 춘실의 존재를 인정하지 않는다.

친자확인소송을 하는 과정에서 판사는 아버지보다 늙어 뵈는 춘실에게 장동훈 씨의 딸이 맞냐고 묻는다. 유전자 검사까지 하게 된 춘실은 친자식인데도 이렇게 확인받아야 하는 상황에 가슴이 아프다. 터진 둑에서 흘러나오는 물처럼 눈물이 주룩주룩 쏟아진다.

탈북 후 법적 소송을 거쳐 장동훈의 친딸로 호적에 오르지만, 그 대가는 아버지를 다시는 만날 수 없는 것. 아버지의 새 가족들이 수백억 자산가인 아버지와 춘실 사이를 가로막는다. 가장 큰 돈의 단위가 만 원인 춘실에게 돈은 중요하지 않았다. 아버지가 살아 계신다는 소식을 들었을 때 얼굴이나 한 번 보고 죽어야겠다는 마음뿐이었고, 남한에 와서는 아버지를 만나서 그동안 가슴에 담았던 말을 나눌 수 있다면 족할 것 같았다. 아버지와 따뜻한 밥상을 마주 대하고 그동안 고생했던 이야기를 들려주고 위로받고 싶었다.

"당 간부는 당당하게 먹고, 대대장은 대놓고 먹고, 보위부는 보이지 않게 먹고, 소대장은 소리 없이 먹는다"(146쪽)는 북한을 떠나 대한민국 땅에 왔지만, 남한도 "유토피아"(172쪽)는 아니었다. 새벽 찬 바람을 맞으며 폐지 실은 손수레를 끌다 보면 일복 하나는 제대로 타고났구나, 체념이 되었다.

춘실이 북과 남에서 겪은 시난고난한 삶은 이루 말할 수 없다. 그런 탈북민이 어디 장춘실만이랴!

피붙이인 작은딸도, 북에 있는 남동생도, 아버지의 새 가족도 돈 앞에 무력한 모습이었다. 애면글면 키운 딸이고 업어 키우다시피 한 동생인데, 그들은 언제나 돈이 먼저라고 생각한다. 춘실을 냉대하고 외면하는 아버지 가족의 태도를 생각하면 가슴이 미어진다. 피는 물보다 진하지만, 피보다 진한 것들이 많다. 체면도, 돈도, 외모도 피보다 값이 더 나갔다.

이 작품에는 '먹고살다'라는 말이 무척 많이 나온다. '생계를 유지하다'라는 뜻인데, 띄어 써서 '먹고 살다'로도 쓸 수 있다. 이 작품에는 어떻게 살았는지 세세하게 그려진 반면 밥을 먹는 장면은 나오지 않는다. 삶이 더 팍팍하고 더 건조하고, 한편으로 슬프게 느껴진다. 그래서 '아버지와 따뜻한 밥상을 마주 대하고' 싶은 춘실의 마음이 더욱 간절해 보인다. 제목에 적힌 느낌표처럼.

이것 드셔보세요, 하며 춘실이 권하고 그래, 맛있구나, 하며 먹는 아버지의 모습을 그려본다. 작은 행복, 작은 위로, 누릴 수 없는 것……

내가 읽어본 민혜숙 소설가의 작품은 사회적인 문제에 관심을 두는 것 같지만, 그러한 관심은 결국 인간을 향하고 있다. "긴급 구조 신호"처럼 "인간답게 살고 싶다"고 호소하는 중학교 3학년 여학생의 조기 유학 선택에 "우리 딸을 이렇게 고생시키지 말고 제 말마따나 인간적으로 살게 해주고 싶은 생각"이라고 아버지는 말한다.(『서울대 시지푸스』)

『몽유도원』에서는 고미술계 전반을 다루면서도 삶에서 뭔가 "보람 있는 일"을 남기고자 하는 화랑 대표와 "삶을 불태워 이루고 싶은 일"을 가진 자는 진정 행복할까 질문을 던지는 인물, 그리고 정치적인 현실에 묻혀버린 안평대군의 인간적인 모습을 은근하게 보여준다.

'장춘실'은 어떠한가. 때때로 섧게 울지만 차가운 바람 속에서도 묵묵히 걸음을 옮긴다. 작가는 그런 장춘실을 가까이에서 지켜보고 있다.

"도대체 인생이 어디로 가고 있는 걸까. 그리고 그녀는 인생의 어느 산허리를 넘고 있는 것일까. 산허리를 돌아서면 어떤 풍경이 나타날까." 『서울대 시지푸스』에서 동명의 소설을 쓰게 되는 '그녀'가 묻는다.

이제 민혜숙 소설가가 새로운 장편소설 『내 이름은 장춘실!』을 출간하려는 순간이다. 그녀는 오늘 그러했듯이 내일도 또 다른 작품을 위해 골몰하며 앞으로 나아갈 것이다. 그림을 보고 음악을 듣고 사람들을 만나고 그러한 것들을 따뜻한 시선으로 담을 것이다.

예전에 불어를 가르쳤던 그녀는 소설가의 길을 걷고 있다. 그녀에게 불어를 배웠던 나도 같은 길을 가고 있다. 조금 느려도 좋다. 그녀에게 말하고 싶다.

"선생님! 우리 건강하게 오래오래 써요."

작가의 말

 세계 최장기간 연속 생방송 기록을 가진 프로그램은 1983년 6월 30일부터 11월 14일까지 138일 동안 진행된 「이산가족 찾기」다. 그때 대학원생이었던 나는 마침 방학을 맞아 며칠 동안 텔레비전 앞에 넋을 놓고 앉아 있었다. 수많은 사연이 흘러나왔고 카메라가 여의도 광장을 가득 메운 피켓과 벽에 써 붙인 호소문을 비춰줄 때마다 눈물을 닦으며 함께 울먹였다.
 사실 우리 가족과는 전혀 상관없는 일이었다. 많은 친척 중에 이산가족은 단 한 명도 없었으니까. 그런데 왜 그렇게 머리가 어지러울 정도로 텔레비전 앞에 붙어 앉아서 눈물을 들키지 않으려고 눈치를 보며 훌쩍였던 것일까? 아마 억울하고 가여워서였을 것이다. 본인들의 실수나 잘못에 비해 너무 큰 고통을 당하는 게 비극을 정의하는 말이라면, 비극의 주인공이 된 그들이 가여웠고, 억울했다.

휴전 30년 동안 찾아 헤매던 부모와 자식, 형제자매의 상봉은 눈물바다를 이루었지만, 기대에 못 미치는 찌질한 가족의 등장은 새로운 갈등의 원인이 되었다. 이후 40년 동안 목숨을 걸고 대한민국으로 오는 소위 북한 이탈 주민, 탈북민이 약 4만 명에 이른다고 한다. 그들의 사연이 유튜브로 혹은 수기로 또는 문학작품으로 표출되고 있다.

그들의 치열한 사연을 접할 때마다 정신이 확 깨는 느낌이다. 어쩌면 4만 명에 이르는 탈북민들은 느슨해진 우리에게 새로운 청량제 역할을 할 수 있겠다는 생각이 든다. 온갖 어려움을 무릅쓰고 용감하게 질주해온 생명력이 이 땅에서 새롭게 꽃피우고 열매 맺기를 소망한다.

전쟁으로 인한 1세대 이산가족들은 거의 다 세상을 떠났고 탈북 과정에서 생겨난 새로운 이산가족에게도 시간이 많이 남지 않아 안타깝다. '같은 민족'이라는 말의 의미도 희미해지는 이 시대에, 안전지대에서 살아온 행운이 다행스러우면서도 공연히 미안하다. 그 미안한 마음을 이 이야기에 꼭꼭 담았다.

내 이름은 장춘실!
ⓒ 민혜숙

1판 1쇄 발행	|	2025년 11월 26일

지은이	|	민혜숙
펴낸이	|	정홍수
편집	|	김현숙 이명주
펴낸곳	|	(주)도서출판 강
출판등록	|	2000년 8월 9일(제2000-185호)

주소	|	서울시 마포구 동교로17안길 21 (우 04002)
전화	|	02-325-9566
팩시밀리	|	02-325-8486
전자우편	|	gangpub@hanmail.net

값 15,000원
ISBN 978-89-8218-373-7 03810

* 이 책의 판권은 지은이와 도서출판 강에 있습니다.
  이 책 내용의 전부 또는 일부를 재사용하려면 반드시 양측의 서면 동의를 받아야 합니다.
* 잘못 만들어진 책은 구입처에서 교환해드립니다.

* 이 책은 광주광역시 광주문화재단의 2025년 지역문화예술육성사업으로 지원받아 발간되었습니다.

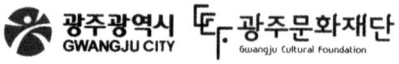